猫の王国

NONO
INUKAI
犬飼のの

CHOCOLAT
BUNKO

ILLUSTRATION yoco

CONTENTS

プロローグ

二千十八年、三月十日——高校一年の春休みを前に、僕は死んだ。

命あっての物種《ものだね》という言葉もあるし、死んだら何もかも終わりだと思っていた。

天国で幸せに暮らすとか、地獄に落ちるとか、輪廻転生《りんねてんせい》を繰り返して悟りを開くとか、死後の世界の前情報は他にもたくさんあったのに、実際に死亡した僕が直面した世界は、そのどれとも違っていた。

気づくと目の前に、ふさふさの白い猫耳と、三本もの立派な尻尾を持つ……譬《たと》えるならメインクーンをそのまま人間の男にしたみたいな人が立っていて、その人は僕に手を差し伸べながら、こういった。

「ようこそ猫の王国へ」

1

登校時、雨が降っていたので傘を手に土手《どて》を歩く。

昨夜から降り続いていたらしく、川が少し増水していた。

いつもはそれなりに大きい中洲《なかす》が小さくなっていて、水の流れも速い。

時々ギリンギリンとベルを鳴らされ、自転車に道を譲《ゆず》らなければならなかった。

本来は車道を走るのが自転車のルールだが、この辺りの車道は危なくてとても走れず、土手は歩行者と自転車と犬が入り乱《みだ》れる有り様だ。

中学までは陸上部に所属していた森本由良《もりもとゆら》は、本気で走ればそれなりに速く走れる足でとぼとぼ歩く。

アスファルトから草地に踏み込むと、柔《やわ》らかくなった土に靴底がめり込んだ。

その隙《すき》に犬連れの男性がやってきて、由良を追い越していく。

鮮《あざ》やかな黄色いカッパを着せられた大型犬が、白い息をハッハッと吐《は》いていた。

小走りで付き添う飼い主は大変そうだが、犬は雨など関係なく楽しげだ。

由良も白い息を吐き、顎《あご》まで上がっていたマフラーを指で下げる。

遠ざかる黄色を見送っていると、小学一年生のランドセルを思いだした。

――あの頃は、母さんに言われるまま貴洋《たかひろ》と登下校してて、ランドセルにつける黄色いカバーが取れたあとも、当たり前に一緒だった。小学校の六年間、中学の三年間……。

この土手を歩いて登下校を続け、もうすぐ十年が経つ。

高校に入ってからの一年は、ほとんど独《ひと》りだ。

友人や弟と一緒に歩くこともあるけれど、幼馴染の泉《いずみ》貴洋と歩くことはなくなった。

喧嘩をしたわけじゃない。だから謝りようがなくて、どうしたらいいのかわからない。

貴洋は賢く性格もいいので、話しかければ無視せず相手をしてくれるが、返ってくるのは会話を終わらせる言葉ばかりだった。「たまには一緒に帰らない？」と誘えば、「部活があるから遅くなりそう」と、やんわり断《ことわ》られ、「図書室で調べものあるし、待ってるよ」と食い下がれば、「ごめん、彼女と帰る約束してるから」と、完全に断《た》ち切られる。

――貴洋にしてみれば……家が隣だから仲よくしてたってだけなんだよな。高校入って自分で友達を選ぶようになって、僕は貴洋の友達検定に落ちたんだ。高校からは帰宅部になって朝練もないし帰りの時間も合わないし、それに……貴洋には美人の彼女がいる。

貴洋は地元で名の通った個人病院の跡取《あとと》り息子で、渋谷辺りに買い物に行くと、必ずといっていいくらいスカウトされる長身の二枚目だ。

勉強ができてカリスマ性があり、スポーツの他に美術や音楽も得意で、高校一年にして陸上部のエースになって、県大会で優秀な成績を上げている。

漫画の登場人物のようになんでも持っている貴洋に比べて、由良はごく普通の会社員の息子だ。豪邸の隣の家に住んでいるからといって、特に裕福《ゆうふく》なわけではない。

そのうえ由良の父親は昨年から単身赴任《たんしんふにん》をしており、キャリアウーマンの母親も残業や出張が多く多忙《たぼう》なため、由良は中学までで部活を辞めるしかなかった。

自分も弟も、給食や学食がない私立の学校に通っているので、朝は二人分の弁当を作りながら洗濯機を回し、帰宅後は近所迷惑にならないうちに掃除を済ませる。

三人分の夕食を作って弟と二人で食べ、洗濯物を畳んだり勉強や提出課題に励《はげ》んだり、入浴を済ませたりと忙しく過ごして、余裕があれば本やテレビやゲームに興《きょう》じた。

兄弟揃《そろ》って小学校から私立の学校に通わせてもらい、父親のことも母親のことも、面と向かっていうのは照れくさくて無理だけれど、人並みに尊敬している。

——家の格差というか、生活レベルの違いとかあるんだろうけど、貴洋はそんなことで距離を置く人じゃない。たぶん、僕自身に原因があるんだ。

何もトラブルはなかったのだから、おそらくは魅力《みりょく》不足。

問題があるわけではなく、付き合う理由がないから切られてしまったのだろう。

いっそ何か、謝ったり改善《かいぜん》したりして修復《しゅうふく》できる問題ならいいのにと思う。

——雨だし、貴洋のこと考えるとしんどくなる。学校、行きたくないな。

俯《うつむ》きながら歩いていた由良は、土手から川沿いの広場に視線を落とした。

そこには思い出が敷き詰められていて、四季《しき》すべての記憶に貴洋がいる。

川沿いの桜が咲く頃、板チョコに似た斜面《しゃめん》に並んで座ってリコーダーの練習をしたり、夏には二家族総出でバーベキューをしたり……いつだったか秋の寒空の下で瀕死《ひんし》の仔猫を拾って、動物病院に連れていったこともある。大雪が降ったあとは、お互いの弟と一緒に雪かきのボランティアに参加して、同時に行われた雪合戦を楽しんだ。

中学を卒業するまでは本当に仲がよかったことを思いだすと、余計に淋《さみ》しい。

──結局、僕が部活を辞めたのが決定的な理由だと思っていいのかな。登下校の時間が合わないってだけじゃなく、一緒に頑張ることがなくなったのは、たぶん大きい。それに貴洋の彼女は上級生だから……放課後くらい一緒に過ごしたいはずだ。大人になると友達より恋人を優先するのが普通みたいだし、そう考えると……今の状態は自然なのかもしれない。

疎遠《そえん》になった理由を退部と彼女のせいだと思いたくて、由良は一応の決着をつける。

学校に行って貴洋の顔を見たら、また一から同じことを悩みだすかもしれないが、今の結論は三つだ。部活動での接触《せっしょく》がなくなったこと、貴洋に彼女ができたこと、もう一つは自分の魅力不足。理由を分散させたところで大した慰《なぐさ》めにはならないが、不可抗力《ふかこうりょく》もあると思わなければつらら過ぎて、淋しさに耐《た》えられなかった。

2

由良が通っている私立校では、小中高の校舎が一つの敷地内に纏《まと》まっている。中高からの外部組は受験を経験しているため偏差値《へんさち》が高く、小学校からエスカレーター式に進学した内部組は、のんびりとしている傾向があった。

高等部の校舎の二階まで上がった由良は、掲示板に貼りだされた学期末試験の成績上位者リストに目を止める。名前が出ているのは各学年の上位二十名のみだ。

由良は高校一年の二十位を取り、掲示物の一番下に名前がある。

一番上は貴洋で、そこが彼の定位置だった。内部生であろうと、部活動に力を入れていようと、貴洋は誰にも負けない。ほぼ全教科で満点の成績を収めていた。

「お、来たぜ！　恋する乙女の由良ちゃん登場！」

教室の扉を開けると、いきなり大きな声で囃《はや》し立てられる。

何が起きたのかわからず、由良は自分の名前が出たことにも驚《おどろ》いていた。

教室内を見渡すと、男子の多くがニタニタと笑っている。いつもと空気が違った。

窓際の席では、貴洋がこちらに背を向ける恰好《かっこう》で座っている。

彼を取り囲むように立っている女子生徒が、「やめなよ、泉くんも困るよ」といったり、

「そういうの揶揄《からか》うの今時ダサいし、ガキ過ぎ」と、騒ぐ男子を窘《たしな》めたりしていた。

黒板には、二枚の白い便箋《びんせん》と封筒の三点がマグネットで貼りつけられている。

その横にハートマークや相合傘《あいあいがさ》が描いてあり、『森本・ホモスキー・由良』と『被害者・泉貴洋』の文字が並んでいた。

「何……これ……」

慌《あわ》てて黒板に近づくと、貼られているのがラブレターだとわかる。

手書きではなく、パソコンとプリンターを使って印刷されていて、宛名《あてな》は貴洋になっていた。『いつも見つめていてごめんなさい』『友達だとは思えません』『彼女と別れて、僕と付き合ってください』『貴洋とキス以上のことがしたくて、僕はいつも妄想しています』といった言葉の最後に書かれていたのは、『森本由良』という四文字だ。

自分の名前がそこにあることに酷《ひど》く動揺《どうよう》し、体の芯が凝り固まる。

当然、こんなものを書いた覚えはなかった。どう考えても悪質な悪戯《いたずら》だ。くだらない、小学生じゃあるまいし、なんてくだらない。下品《げひん》で低次元で、これが高校生のやることかと呆れる一方で、由良は言葉にならないショックを受ける。

最初にやって来たのは、自分の身に事件が起きたことへの恐怖だった。

イジメに等しい行為のターゲットになるのは、どうしたって恐ろしい。

「泉、新しい彼女候補がお出ましだぜ」

批判する女子の言葉を無視して、幼稚《ようち》な男子が貴洋に声をかける。

我関せずという態度だった貴洋が振り返り、眉根を寄せた。

不機嫌そうに歪ませても整っている顔で、由良を見る。

目が合うことで初めて、由良はこの悪戯が自分だけの問題ではないことに気づいた。

黒板に『被害者・泉貴洋』と書いてあったが、それは嘘ではない。

彼女がいるのに同性の幼馴染からラブレターをもらったら、どんなにか迷惑だろう。

貴洋は、この嘘くさい印刷物を本物だと思っただろうか。そうだとしたらとても嫌だ。

――でも、悪戯されたのは僕が原因だ。僕が、貴洋のことをいつも見てるから。

偽のラブレターの中に、一つだけ自分が書いたかのような一文があった。

冒頭に書かれた、『いつも見つめていてごめんなさい』という部分。

確かに見つめている。未練がましいと思いながらも見てしまう。

――そのせいで誤解されて、こんなふうに揶揄われて貴洋に嫌な思いをさせてるなら、僕の越度《おちど》だ。ただ、友達に戻りたかっただけなのに！

誤解を招《まね》いたことへの焦りと、友情を穢《けが》された怒りが、由良の中で一つになる。

誰かに強く後押しされたかのように、黒板の前から踏みだした。

「これは僕が書いたんじゃないし、貴洋のことは、ただの友達としか思ってない！」

叫んだ瞬間、時間が止まる。大袈裟《おおげさ》ではなく本当に、誰もが止まっていた。

何事も練習しなければ上手くいかないのと同じように、大声を出すことに慣れていないない由良の怒声《どせい》は常軌《じょうき》を逸《いっ》していた。反響する自分の声に驚き、二の句が継《つ》げなくなる。

カタンッと椅子を引く音がして、一人だけ立ち上がった。

制服姿のマネキン人形の群れの中で、貴洋だけが人間らしく動いている。

実際はどうあれ、由良にはそう見えた。音も、貴洋が立てる音しか聞こえなくなる。

「いつから友達になったんだ？　たまたま家が近くて、クラスが一緒ってだけだろ？」

静まり返った教室に、貴洋の声が響く。

由良の乱れた怒声とは大違いに、無駄のない声量だった。凛と響く、いい声だ。

そんな声で語られる言葉は、研《と》ぎ澄《す》まされた刃物のように鋭い。

氷の中から取りだしたばかりのアイスピックで、心臓を一突きされる衝撃だった。

息も儘《まま》ならずに立ち尽くす由良の耳に、男子生徒の声が届く。

「森本かわいそー」「振られてるし」と、語尾に小文字のダブリューを無数につけたような嘲笑《ちょうしょう》が聞こえ、教室に喧騒《けんそう》が戻った。

嗤《わら》う者、窘める者、様々にいたけれど、貴洋の言葉以外は頭の中を通り過ぎていく。

いつまでも消えないのは、友情を否定された事実だけだ。

由良にとって何よりの宝物だった輝《かがや》く日々の記憶は、最《もっと》も登場回数の多い貴洋の手で、粉微塵《こなみじん》に砕かれてしまった。

度を超すほどのショックを受けると、涙も出ないらしい。

今度は由良がマネキンのように動かなくなり、周囲は慌ただしく動きだした。

黒板の文字は消され、手紙は捨てられ、悪質な嫌がらせの証拠《しょうこ》は瞬く間に処分される。

担任教師が来てホームルームが始まった。由良は「森本、どうしたんだ？　席につけ」といわれて座る。一限目は担任が受け持つ現国だったので、そのまま授業が始まって、休み時間が来た時には誰もが朝の出来事を忘れていたようだった。

忘れられずに引《ひ》き摺《ず》っているのは、自分と貴洋だけかもしれない——そう思いながら、由良は教室を出る。

次の授業は移動が必要だから、というだけで、漫画やドラマのように泣きながら教室を飛びだしたり、廊下を走ったりしたわけではない。

生物の教科書とノートを手に、ごく普通に教室を出て、人並みの速度で歩いただけだ。

何事もなかったような顔をして、心で泣いた。貴洋に友情を否定されたことや、本当は優しくて思いやりに満ちた貴洋に、あんな言葉をいわせてしまったことが悲しい。

偽物《にせもの》のラブレターを作ってクラスメイトを揶揄おうと思いつき、パソコンの前に座って文章を入力し、印刷して黒板に貼った誰かは、貴洋を傷つける気などなかっただろう。

揶揄い対象にした由良のことでさえ、本気で傷つける気はなかったのかもしれない。

想像力が足りず、後先のことを考えずにノリでやったと思われる悪戯によって、由良の胸には穴が空いてしまった。そこから少しずつ力が抜けていく。

早退なんてみっともなくてできないけれど、このまま家に帰りたかった。

貴洋もきっと、今頃は「ちょっといい過ぎたかも」と、後悔しているだろう。

想像力が足りないのはクラスメイトだけではなく、自分も同じだと思った。

貴洋が何も発言しなくて済むように、もっと相応しい言葉があったはずだ。

「これは僕が書いたものじゃない。こういう悪戯はやめてくれ」と、冷静にいえていたら、貴洋は友情を否定しなかっただろう。

「――由良、お前に話がある」

廊下を歩いていると、後ろから声をかけられる。貴洋の声だった。

由良が振り返っても、貴洋は廊下の先を真っ直ぐ見たまま顔を動かさない。

「放課後、昔よく遊んだ橋脚《きょうきゃく》の辺りで」と、独り言のようにいった。

由良だけが聞き取れるくらいの小声だ。

話しかけたことを誰かに気づかれたくないのは明らかで、口止めされなくても、これは秘密の約束だとわかった。

3

放課後、由良は川沿いにある橋脚の一つに身を寄せていた。

頭上の橋は、交通量が多い国道だ。足元は傾斜《けいしゃ》しながら川に繋がっている。雨で水位が上がっていて、十メートルほど先まで水が迫《せま》っていた。流れが速くて少し怖いが、由良が立っている辺りは水面よりもだいぶ高いので、このくらいの雨で水没する心配はない。

朝は見えていた中洲が消えて、川幅が広がっているのを眺《なが》めたり、土手の上を見たり、スマートフォンをチェックしたりと、由良は忙しなく視線を彷徨《さまよ》わせていた。

——もう一時間以上も経ってる。

今日は部活がないはずの貴洋がいつまでも来ないため、不安が募《つの》る。

空気穴が空いて力や元気が抜けていた胸は、放課後に貴洋と会う約束を交わしたことで大きく膨《ふく》らんだはずだった。しかし今は再び萎《しぼ》みかけている。

——やっぱり、何か送ってみた方がいいかな？

アプリを起動した由良は、何度目かの迷いに揺れた。

到着してすぐに、『もう着いてるよ』と送信しようと思ったが、開いた画面に表示された素《そ》っ気《け》ない言葉を目にすると、何も打てなかった。

最後のやり取りは一ヵ月も前で、『彼女と一緒に帰るから、ごめん』と書いてある。

貴洋は年上の彼女が余程好きなのか、何かといえば彼女彼女と——彼女がいるくらいで舞い上がるような見た目でも性格でもないはずなのに、付き合っている彼女がいることを殊更《ことさら》アピールするところがあった。

せっかく二人で会って話せる機会を得られた今、こちらから到着の連絡を入れることで貴洋の気持ちが変わり、『今日は彼女と帰ることになった、ごめん』などと返事がきたら、天国から地獄に落ちた気分になるだろう。

弟の紗良《さら》にだけ、『少し遅くなりそう。おなか空いたら冷凍グラタンチンして食べて』と送信して、由良は再び土手を見上げた。

——貴洋、まだかな。いつもと同じ傘なら、紺色のやつ。

まるで夕方のように暗い空の下、赤い傘と黒っぽい傘が並んで迫ってくる。

下校のピークは過ぎていたので、土手を歩く人は少なかった。

黒っぽく見えたのは、黒ではなく紺色の傘だとわかったと同時に、差している人の顔も見て取れる。

名前の影響か、青系の色を好む由良の待ち人、泉貴洋だ。

赤い傘を差しているのは、貴洋の彼女だった。

二人は仲よく並んで、時折《ときおり》顔を見合わせて笑っている。

彼らの姿が見えなくなり、そのまま橋を通り過ぎて去ったあと、由良は彼らの後ろ姿が見える位置まで移動した。

震える手で、スマートフォンのアプリを起動する。

『どういうこと？』と、勢い任せにメッセージを打ち込み、送信した。

後先を考えることなどできなかった。メッセージが齎《もたら》す結果も想像がつかない。ただ振り向かせたくて、今ここにいる自分に気づいてほしくて送信した。

雨の中を行くカップルは、小さな雑音に見舞われたようだった。

貴洋は、年上の彼女に「ごめん、ちょっと待って」とでも断ったのだろうか。

傘を首と肩の間に挟《はさ》んでポケットを探り、取りだしたスマートフォンの画面を見た。

そしてすぐに元の場所に戻す。そうしてまた、傘を手に彼女と一緒に歩きだした。

何事もなかったかのように歩き、こちらに目を向けることもない。

由良は、恐る恐る自分の手元を見てみた。『既読《きどく》』と出ている。

読んだけれど、返事もしない。視線もやらない。

由良は『どういうこと？』と打ち込んだ自分の文字の下に、幻を見た。

吹きだしが現れ、『いい加減《かげん》、察しろよ』と表示される。

実際には『既読』以上の何もないのに、貴洋からのメッセージを次々と受信した。

由良が風邪気味だといった日の夜、家まで薬を届けてくれたり、「具合はどう？」と心配そうな顔で訊いてくれたり……小学校三年生の時の遠足でバス酔いして、吐いてしまった由良の介抱《かいほう》や後始末《あとしまつ》を一人で熟《こな》したり、「きたねー」だの「くせぇ」だのといって鼻を摘《つ》まむ同級生を、「うるさい黙れ、ガキ」と、普段とは違うきつい口調で凍りつかせたり、枚挙《まいきょ》に遑《いとま》がない優しさで九年間ずっと支えてくれた貴洋から、今は『身の程を弁えろよ』『マジで友達なんて思ってないし、親が近所付き合いを大事にしろっていうから仕方なく仲よくしてただけ』『なんの取り柄《え》もないくせに、いつまでも俺に面倒かけるな』『お前がジロジロ見るせいでホモ疑惑かけられて死ぬほど迷惑。頼むから消えてくれ』と、怒涛《どとう》のように否定的なメッセージが届く。

——貴洋……何か送って……何か……。

暗くなった画面に、水滴がぽたりと落ちた。

泣いているのを認めたくなくて、由良は制服の袖《そで》で顔と画面を拭う。

ホームボタンを押すと、『どういうこと?』と、『既読』の文字と、それより前の、淋しいやり取りが表示された。

貴洋からの言葉は何も届かず、彼の気持ちは行動から読み取るしかない。

新たにまた拒絶《きょぜつ》の言葉が浮かんできて、由良の中に積み上げられていく。

——何か返事を……『彼女に誘われて断れなかった』とか、『あとで連絡する』とか、そういうの……送って……お願いだから!

しばらく待っても、絶えず涙を拭っても、メッセージは届かなかった。

そうしているうちに空はどんどん暗くなり、雨と川の勢いが増していく。

橋の上を走行する車両が出す重低音と、激しい水音が空間を支配していた。

その中に突然《とつぜん》、高い声が割り込む。子供の悲鳴かと思ったが、猫の鳴き声だ。

ニャーニャーといった可愛いものではなく、「ギャギャギャギャーッ！」と鳴いていて、耳にするなり鳥肌が立つような声だった。

あまりの必死さに、徒《ただ》ならぬ事態だと直感する。

鳴き声は上流側から聞こえ、由良の目は流されるダンボールの箱を捉えた。

そこに猫が閉じ込められているという確信はないが、三分の一ほど沈んだダンボールが近づいてくるにつれ、猫の絶叫《ぜっきょう》が大きくなる。

「あ、あ……っ、どうしよう、誰か！」

箱の側面に空けられた手穴から、猫の前脚が出ているのが見えた。

すぐに仔猫だとわかる。脚が見えたのは一瞬で、箱は半回転して斜めになった。

周囲を見渡すが、誰もいない。網やオールといった、役に立ちそうな道具もない。

上流にあるもう一本の橋の下に他校の小学生が三人いて、彼らが猫を川に流したのだと察しがついた。

楽しんでいるのか狼狽《うろた》えているのかよくわからないが、揃って逃げていく。

彼らにも、行動の結果を読む想像力が足りなくて……その場のノリでやったことが怖くなって逃げてしまったのだと、そう信じたかった。

——浅い所から手を伸ばして、なんとか届くかもしれない！

ダンボールが橋の下に来る前に、由良は川に向かって走りだす。

すでに半分まで沈んだダンボールをここで止めなければ、仔猫は箱ごと水没する。

つまり死んでしまうのだと思うと足が止まらず、斜面を転がるようにして浅瀬《あさせ》に入り、両手を大きく広げた。

「あ……っ、こっちへ、もっと！」

奇跡《きせき》が起きたのか、ダンボールが浅瀬に近づいてくる。まさに不幸中の幸いだった。

クラスメイトの悪戯がきっかけで、かつて親友だと思っていた大切な友人に拒絶された自分も、小学生の悪戯で死にかけた仔猫も災難《さいなん》だったが、今は幸運に恵まれている。

「よし！　届いた！」

由良は冷たい水に太腿《ふともも》まで浸《つ》かりながら、両手でダンボールをキャッチした。

こんなに上手くいくなんて、やった、最高だ——と思った直後、箱の形が崩《くず》れる。

水に流されないよう全身で力んでいた由良の握力に、濡れた箱は耐えられなかった。

箱から茶トラの仔猫が飛びだして、由良の体を上る。

うなじの近くまで来ると、一気にジャンプした。

まるで遡上《そじょう》する鮭のように、宙で体を捻《ひね》って遠くまで飛ぶ。

細く小さな体で驚くほどのパワーを見せた仔猫は、見事に地面に着地した。

ずぶ濡れのまま水も飛ばさず、由良の荷物が置いてある橋脚に向かって、猛《もう》スピードで走っていく。

「よかった……これでもう……ッ」

大丈夫――といいかけた次の瞬間、由良は自分の体が鳩尾《みぞおち》まで水に浸かっていることに気づいた。ダンボールの形が崩れた際に、軸が揺らいでいたのかもしれない。

まずいと思っても引き返せず、川底で踏ん張っていた足に力が入らなくなっていた。

まだ両足とも届いているのに、勢いのある水に抗《あらが》えない。体が浮いて流されかける。

「う、ぁ……ッ！」

うねりを上げる水は瞬く間に重くなり、分厚《ぶあつ》い壁の如《ごと》く襲いかかってきた。

由良の体は深みに引き摺り込まれ、足が完全に浮いてしまう。

――どうしよう……っ、誰か……助けて！

子供の頃から川沿いで遊んできた由良は、この川で毎年のように水難事故が起きていることも、水を甘く見てはいけないこともわかっていた。雨の日に水位が上がった川に入るなんて正気の沙汰《さた》ではなかったと、いまさら思う。

――まさか……僕は、ここで死ぬの？

それなりに泳げるはずなのに、まともな動きができなかった。

プールの水とは違う濁《にご》った水が口の中に入ってきて、吐き気と苦しさが増していく。

制服が濡れて全身に纏わりつき、無我夢中《むがむちゅう》で手足を動かすばかりになった。

ぐんぐんと流され、辛《かろ》うじて水から出した頭や顔を雨粒で打たれる。

猫を助けた時には橋桁の下にいて、雨は当たらなかったのに……今はもう、激しく降る雨の下に投げだされていた。橋全体が見え、さらに遠くなっていく。

――苦しい……冷たい……ッ、助けて、助けて……貴洋！

水面から顔を出しても、アップアップと口を開いては水を飲んでしまう。

頭の天辺まで水に浸かると、遥か遠い未来にあったはずの死が、いきなり距離を詰めて迫ってきた。

ああ、僕は死ぬんだ。こんなに突然、まだ十六歳の身で、今ここで溺《おぼ》れて死ぬんだ――

深刻な状況に陥《おちい》ったことを認識した由良は、足掻《あが》きながら絶望する。

脳裏に、自分の葬儀《そうぎ》に参列する貴洋の姿が浮かんだ。

次に母親と父親、そして弟の顔も浮かんでくる。

皆に申し訳なくて、諦《あきら》めちゃ駄目だと思うのに、もう無理だった。

何も考えられないくらい苦しくて、苦しくて、冷たくて……。

4

そこに辿《たど》り着くまで、由良は長い夢を見ていた。

登場人物は少なく、最も目立っていたのは母親だ。キャリアウーマンであり、ハンサムウーマンという雰囲気を持つ母親は、女性的な面を見せない人だった。それが夢の中では感情的に泣き叫び、父親も弟も止められない激しさで貴洋を責め立てている。

「うちの子が自殺したのは貴方のせいよ！」と、怒鳴り散らしていた。

——やめて……母さん、貴洋を責めないで！　僕、自殺したんじゃないから！

早く起きて本当のことを伝えなきゃ、誤解を解かなきゃ——貴洋を助けたい一心で瞼《まぶた》を上げた由良は、ジャングルのような緑の中で目を覚ます。

おそらくは白で埋め尽くされた病室で、家族に囲まれているとばかり思っていたのに、現実は違っていた。視界に飛び込んできたのは、植物でいっぱいの空間だ。

まるで森のようだが、そうではなく温室に近い部屋だとわかる。

四方を木製の壁に囲まれており、高い位置にある天井は硝子《がらす》で出来ていた。

太陽の光が程よく射し、とても暖かい。

「——ここは？」

声を出すと同時に、由良は自分が仰向《あおむ》けに寝ていることに気づいた。

それもベッドの上ではなく、水面に浮いている。体温に近い温度の微温湯《ぬるまゆ》だった。

顔だけが湯の外に出ていて、まずは幼児用の温水プールをイメージした。ところが起き上がろうとして底を探っても、手や足が底につくことはない。意外にも深かった。

「う、わ……浮く」

水から上がりたいと思うなり、異常《いじょう》な浮力が働いた。全身がぷかりと浮き上がる。

通常なら髪や肌が濡れるはずなのに、青い色をした水が砂のように肌を滑っていった。

それはとても心地好く、もう一度味わいたくなるほどだったが、水中に戻ることはできない。由良の体が水の外に出た途端《とたん》、瞬く間に水面が凝固《ぎょうこ》したのだ。

まるでジェルシートのように固まり、掌《てのひら》を当てるとムニムニとした反動がある。

さらに強く押すことで手形がつくものの、離すとすぐに平面に戻った。

「何、これ……」

これは夢の中に違いないと、由良は半ば確信する。

おそらく、現実の出来事と夢がリンクしているのだと思った。

川で溺れて救助され、幸い大事には至らず、自室のベッドで寝ているのだろう。

水が冷たかったので、熱を出して寝込んでいるに違いない。そんな時に使われる、熱を冷ますシートのジェルが、こんな感触だったように思う。

「その推理《すいり》は大ハズレだ。ここは夢の世界じゃなく、死後の世界。いわゆる天国だよ」

突然、若い男の声が聞こえてきた。

冷静になるための推理を全否定されたのはわかったが、後半は頭に入らない。

由良は声のする方に顔を向け、やはり夢だと思った。

先程まで誰もいなかった場所に、白く長い髪の大柄な青年が立っている。

その髪色と、やけにふんわり広がる猫っ毛とボリュームは人間離れしていて、地毛には見えなかった。しかも彼は装飾過多《そうしょくかた》の白軍服に、白いマントという姿で、頭には尖《とが》った獣耳《けものみみ》を生やしている。目は青く、腰からは三本もの太く長い尻尾をぶら下げていた。

——なんか、カッコイイ。本格的な白人コスプレーヤーが出てくる夢？　これで尻尾が九本あったらゲームに出てきた妖狐《ようこ》にそっくりだ。でも狐《きつね》じゃなくて、たぶん猫。あ……リンクスティップがあるから、メインクーンの擬人化《ぎじんか》コスかな？

薄い質感の猫耳の内側はピンク色に見えたが、その色を隠すように長い耳毛が横向きに生えている。これは長毛種の猫によく見られるが、青年がつけている猫耳には、リンクスティップと呼ばれる毛まで生えていた。

三角形の耳の天辺から上向きに、ほぼ真っ直ぐの毛が伸びている。

これが見られる猫は短毛種にもよくいるが、遠目にもわかりやすく長い毛を持つのは、ヤマネコかメインクーンだ。ノルウェージャンフォレストキャットの可能性もある。

「猫に詳しいようだな、さすがは猫のために命を投げだすだけのことはある」

「――好きなので、少しだけ……あの、もしかして僕は、仔猫を助けて溺れて、あのまま死んでしまったんですか？」

夢だと思いながらも質問すると、「その通り。今の君は死者だ」と即答された。

声に出さなくても思考を読まれている気がしたが、思い通りに口を動かして声を出し、会話が成り立ったことで少し冷静になる。

君は死者だと断言されたことに対する衝撃はなかった。

何しろ夢の中という前提《ぜんてい》で話しているので、何をいわれても重みがない。

「君の概念《がいねん》に合わせて説明すると、この世界は広大な天国の一角にある独立国家だ。天国全体を大空に譬えるなら、この国は雲の一つに相当する小国。こういった国は他にも数え切れないほどある。善良な生き物の魂は死ぬと空に向かい、無垢《むく》な魂魄《こんぱく》として浄化《じょうか》され、意識も何もかも消されてしまうが……ある条件をクリアした生き物は、自我《じが》を持ったまま各国にスカウトされ、そこで新たな幸せを掴むことができるんだ」

「スカウト……されたんですか？　僕が？」

「そうだ。君は三月十日に死亡して、それから一週間かけて『猫人《ねこびと》』という存在になった。大空に相当する天国や、他の国との国境に当たるのが、君の下にある扉だ。池にしか見えないだろうが、男子専用の国境の扉になっている」

「男子専用？　ねこ、びと？　じゃあ、ここはどういう国なんですか？」

「天国は天国でも、猫のための天国だ」

「え……ッ、猫のため⁉」

素《す》っ頓狂《とんきょう》な声を出した由良に対して、番人《ばんにん》は慣れた様子で深く頷く。

ここに連れてこられた人間の反応は、誰しもあまり変わらないのだろう。

すべて想定内という顔をしており、同じ説明を何度も口にしている風情だった。

「地上で幾度も転生を繰り返した猫が、最後に行き着く安息《あんそく》の国。人間が招かれることは滅多《めった》にないが、君は特別に入国を許された」

「や、僕……人間なんですけど。あ、溺れた仔猫を助けたからですか？」

「その通りだが、それだけじゃない。己の危険を顧《かえり》みず、純然《じゅんぜん》たる善意《ぜんい》で猫のために命を捧げた者だけが、この国で生き生きと暮らすことができる。猫を助けた礼として、病人や老人も健康で若々しい肉体を得て、誰もが苦痛なく過ごせる」

「えっ、え……すみません、よくわかりません……混乱《こんらん》しちゃって」

「因《ちな》みに、現在この国を治めているのは女王陛下《へいか》と呼ばれる猫の魂の集合体だ。物静かな美青年を好んでいるが、変な意味ではないから心配しなくていい。ここは精神世界であり、我々猫又がヒトに似た姿をして衣服を着ているのも人語を話しているのも、ヒトの意識に寄り添っているからに過ぎない。我々は、欲望や生殖《せいしょく》とは無縁《むえん》の清浄《せいじょう》なる存在だ」

「ヒトの意識に……添った結果……コスプレみたいな恰好してるんですか？」

「ああ、実際の私は服なんか着ていないし二本足で立ってなどいない。何しろ猫だから。この恰好は先人の好みによって作られたイメージだ」

「は、はあ……なんだか、全然わかりませんけど……えぇっと、これが現実の出来事だと仮定して真面目に答えると……僕はここには相応しくないと思います。猫を助けた時に、命を捧げてもいいと思ってたわけじゃないし、危険予測の判断が甘かっただけなんです。自分の力がわからない馬鹿でした。そのうえ要領も悪かったから溺れて、たくさんの人に迷惑をかけたと思います。だから、特別な天国にいる資格なんて……」

「どこまで覚悟があったのかは別として、君は一切の損得を考えず、見ず知らずの仔猫を助けるために必死になって行動した。ヒーローの一人としてこの国で大切にされる資格を十分持っているんだ。それと、女王陛下の好みに合わせて見た目を少しだけビューティーアップさせてもらった。ほんの少しだが、人間の時よりも美しくなっているはずだ」

「――ビューティー、アップ？」

由良は硬《かた》いジェル状になった水面の上で、自分の両手に目をやった。

掌を見たあとに甲の方を見ると、爪がピカピカと光っているのがわかる。

指も以前よりシュッとした形になっていた。それより何より服を着ていなかったことに気づいて、由良はいまさら狼狽える。夢とはいえ、恥ずかしいものは恥ずかしい。

目の前の彼が、立派な体躯《たいく》に相応しい軍服を完璧に着こなしているので、小柄で全裸《ぜんら》の自分がより残念な存在に思えた。体の下にある池に下半身だけでも隠したいのに、水面に拒《こば》まれてまったく浸かれないのがもどかしい。

「女王陛下は美青年が好きだが、可愛い少年も好まれる。いずれにしても観賞用として、或《ある》いは話し相手や世話係として大事にされている。君には君の魅力があるのだし、誰かと比較して残念がることはない。君はとても可愛いよ」

「か、可愛くは……ないです。僕が考えてること……読めるんですね」

「私は猫又の中では女王陛下に近い力を持っている。君達、猫人を見守る番人だからな。それくらいできないと務まらない」

彼はそういって微笑むと、真っ白でふわふわとした髪と尻尾を揺らしながら、池の縁《ふち》に迫ってくる。少しだけ膝《ひざ》を折り、由良に向かって手を差し伸べた。

「ようこそ猫の王国へ」

膝を両手でロックして股間を隠していた由良は、躊躇《ためら》いつつ彼の手を取る。

好意的に差し伸べられた手を、拒否することなどできなかった。

それに、ゴージャスで貫録あるメインクーンや、森の妖精と謳《うた》われるノルウェージャンフォレストキャットを人間の青年にしたような彼には、独特の威圧感《いあつかん》とは裏腹に、どこか心惹かれる愛敬がある。

「――っ、あ……」

番人に導かれるまま池から出た由良は、縁を乗り越えて床に足をついた。

国境の扉と呼ばれていた池の中や、その水面は生者の世界と繋がる曖昧《あいまい》な空間であり、正確には猫の王国の領域ではないことを、唐突に察する。完全に池から出て王国内にある部屋の床を踏むことで、自分は猫の王国に入国したのだ。

「これ……夢じゃ、ないんですね……僕、本当に死んでしまったんですね？」

入国と同時に、由良はこれが夢ではないことを確信する。

追加の説明を受けたわけではなく、これは現実だと強く説得されたわけでもない。しかし入国するなり様々なことがわかった。人間としての自分は本当に死んでしまい、この国で猫人と呼ばれる存在になったのだと、理屈ではなく悟る。

「耳……生えてる。尻尾も……あるし、動く」

緑溢《あふ》れる部屋の中で、由良は番人の手を離し、両手を頭に持っていった。

三角形の猫耳がぴんと生えていて、短いが柔らかい毛の感触もある。

素っ裸で股間を晒《さら》しているのが恥ずかしいと思うと、尾てい骨の辺りから生えた尻尾が腿に沿って前側に回った。特に意識しなくても勝手に動く。

番人の尾のようにふさふさではなく、短毛種の猫の尾だったので股間を隠すことはできなかったが、「見ないで」といいたげに下腹の前でぎこちなく動いた。

「猫……人間に、なってる。あ、でも、人間の耳もあるんだ」

夢ではないけれど、夢のような状況に混乱しながら、由良は猫耳のあとに人間としての耳に触れる。そうすると指との摩擦《まさつ》でザワザワした音が脳内に響いて、音が人間の耳から聞こえているのがわかった。

「元々が猫である猫又にはヒトとしての耳がないが、元人間の猫人にはヒトとしての耳がある。猫耳の聴力は無力化してあるから安心するといい」

「安心？　無力化してると安心なんですか？」

「ヒトが猫と同じ聴力を持ったら、まず間違いなく聴覚過敏症になって精神的におかしくなってしまうんだ。同じような理由で、五感すべてがヒトとして最適な状態に整えられている。眼鏡や補聴器が必要だった者の場合は、何も使わなくても生活できるようになっているはずだ」

「それは……いいですね。そういわれてみると、視界がいつもよりくっきりしてます」

「ここは天国の一角で、君達は我々猫にとって恩人であり、賓客に等しい存在だからな。君達にとってつらいことは何もない。ああ……そうそう、運動能力に関しては少しばかり上がっていて、人間離れしているので気をつけるように。うっかり全力でジャンプしようものなら、天井に頭をぶつけてしまうからな」

由良は猫耳と人間の耳を交互に触り、猫耳から音が聞こえないことを確認する。

部屋の奥に姿見があることに気づくと、鏡で自分の姿を見てみたい気持ちと、この場でジャンプして運動能力を試したい衝動《しょうどう》に駆られた。しかし全裸でいることが気になって、ついもぞもぞと膝を寄せてしまい、動きだせない。

「君の制服や下着、靴などを用意してあるから、衝立《ついたて》の裏側で着替えるといい」

番人は姿見の近くにある木の衝立を指差し、由良は「はい」と答えて足早に移動した。

そうして衝立の向こう側に行き、トルソが着ている服を見るなり目を疑う。

思い返してみれば、彼は今「制服」といったのだ。

「……制服？　これ、制服なんですか？　天国なのに？」

トルソは二つあり、一つはワンピースのような服を、もう一つは制服と呼ぶに相応しい詰襟《つめえり》の上着を着ていた。

後者は番人が着ている軍服に近いデザインで、色は粛然《しゅくぜん》とした黒だ。

番人の服は、銀の飾緒《しょくしょ》や肩章《けんしょう》、勲章《くんしょう》などがついて華やかだが、由良が今から着る制服とやらは飾り気が少なく、将軍と下級軍人くらいの差がある。襟には猫の目に似た透き通る石がついていて、縦型《たてがた》の長円瞳孔《ちょうえんどうこう》に相当する部分に『1』という数字が潜《ひそ》んでいた。

「こっちの黒い服、凄くカッコイイ……けど、なんだか軍服みたいですね」

「軍服ではなく学生服だ。私の服も番人服という。昔はどれもこれも天国らしい緩《ゆる》く楽な服が主流だったが、生前にデザイナーだった猫人の願いにより、あらゆる衣服が窮屈《きゅうくつ》で煌《きら》びやかになった。我々猫又が着ている服……いや実際には着ていないが、君達の目には着ているように見えるこの服も、イメージの基本は彼がデザインした物だ」

「そうなんですか、確かにカッコイイけど……」

「ここは猫の王国の城下町から程近い騎士養成学校《きしようせいがっこう》の一室で、学校自体が、国境に当たる池の位置に合わせて作られている」

「騎士養成学校？　騎士って、馬に乗って剣とか持ってる……ナイトの騎士ですか？」

「この国には馬がいないので乗れないが、その騎士だ。学校名はクリソベリル・キャッツアイ。猫の王国での暮らし方を学びつつ、女王陛下に仕える騎士を目指すための学校だ。遠い地に女騎士養成学校もあるが、ここは女子禁制の全寮制男子校になっている。入校の時期や候補生の年齢は区々《まちまち》だ。現在はいないが、老人から若者になった者が在校したり、子供もいたりする。どの候補生も死の一週間後に入国して、そのまま入校するんだ」

「え、じゃあ……」

「君には騎士を目指してもらいたい。もちろん簡単にはなれないし、騎士として働くのも学校生活も避けたいということであれば、入校せずに、もう一つのトルソが着ている楽な服に着替え、王国の民として気ままに暮らしても構《かま》わない。学校の敷地から出れば異性と出会えるし、それなりの生活が保障されている」

「よくわかりませんけど、僕には……そっちの平凡《へいぼん》な感じの方が合ってる気がします」

「決断するのはあとにして、もう一つ選択肢がある。君が望めば、この王国を去ることも可能だ。その場合は一般的な天国に行けるが……自我も記憶も無になるので、勿体ないと私は思う。君には宗教上の問題も、人種による差別意識もないようだし、できることなら騎士を目指して励んでほしいものだ」

「宗教上の……って、なんですか？」

「そのままの意味だ。何しろ、猫を救出した人間が世界各地から集められているからな。猫のために死亡したとはいえ、宗教上の問題で異教徒《いきょうと》と一緒に暮らせない者や、自分が理想とする天国しか受けつけない者、猫には優しくても人間には冷たく厳しい者もいる。そういった場合は一般的な天国に行ってもらうことになっているんだ。猫の王国とはいえ好き勝手になんでも許されるわけではなく、ここでは協調性が必要になる」

「宗教上の問題は、ないです。家に仏壇《ぶつだん》があるし、お墓参りとかは年に何回か行くけど、何教とかよくわからないので。もちろん人種差別とかもないです」

由良はひとまず下着を穿《は》くと、衝立の向こうにいる番人に、「天国に行くんじゃなくて、元の世界に戻ることはできませんか？」と訊いてみたくなる。

けれども答えはわかり切っている気がして、とても口にできなかった。

この状況に戸惑ってはいても、自分が死んでしまったという感覚だけはある。

死んだ人間が生き返るなんてことは、まず絶対にないのだろう。

——でも、僕があの状況で死んでしまった場合、逃げた小学生が僕に気づいて、『猫を助けようとして溺れた』って証言してくれない限り、さっきの夢みたいなことになるかもしれない。スマホに貴洋へのメッセージが残ってるはずだし、クラスの誰かが……偽物のラブレターの一件を先生やうちの親に話したら僕は自殺ってことにされ、やっぱり貴洋が責められる流れに……。

生き返るのは無理だとしても、せめて時間を戻してほしかった。一週間前の朝に戻り、やり直したい。死んでしまう結末が変えられなくても、自分の死によって貴洋が罪を感じたり、誰かに責められたりしないように、途中経過《とちゅうけいか》を変えたくてたまらない。

「あの、僕の死因って、どうなってるかわかりますか？　猫を助けて事故で溺れたことになってるならいいんですけど、もしかして自殺とかに……なってませんか？」

「残念ながら後者だ。茶トラの仔猫を虐待《ぎゃくたい》し、ダンボールに閉じ込めて川に流して逃げた悪童は、君の姿を見ていたにもかかわらず口を閉ざした。当然ながら仔猫は何も話せず、証拠品のダンボールは流されてしまった。君が使っていたスマートフォンには同級生の泉貴洋に対する不満げなメッセージが残されていたし、クラスメイトの女生徒が当日の朝に起きた出来事を君の親に話したことから、泉貴洋が君を傷つけ、自殺に追いやったことになっている。彼は君を危険な場所に呼びだしてわざと無視したことを認め、謝罪したが、君の母親は半狂乱《はんきょうらん》で彼を責めた。当然、警察による事情聴取《ちょうしゅ》も行われた」

「そんな……」

淡々と続く番人の話を聞いているうちに、視界が揺らめいていく。

自分でも驚くほど急激《きゅうげき》な吐き気を覚え、手で口を塞がずにはいられなかった。

推測と、真実の重みはまったく違う。

番人の口から語られる貴洋の不運が、肺や心臓や胃に、ずっしりと重くのしかかった。

溺れた時と同じくらい息苦しくて、けれども吐きそうで吐けず、咳《せき》ばかり出てくる。

胃の重みで膝が勝手に曲がり、しゃがみ込まずにはいられなかった。

「大丈夫か？　とても苦しそうだな」

「……っ、あまりにも、酷くて……そんなの酷過ぎます、貴洋は何も悪くない！　橋脚の辺りで会おうって呼びだしたのは確かだけど、それは命に係わる話じゃなかったんです。あそこは多少増水しても安全な場所でした。未曾有《みぞう》の大洪水《だいこうずい》でも起きない限り、水が来ることはないんです！　それなのに僕が川に入って、上手く戻れなかったから……ッ」

しゃがんだまま叫んだ由良は、立ち上がってシャツを身に着ける。

軍服風の黒い学生服と、学生以外が着る服と、どちらを選ぶか迷っている余裕はなく、シャツと下着のみの姿で衝立の外に飛びだした。

「番人さん……どうか、本当のことがわかるようにしてください！　僕は地獄に落ちてもいいから、どうかお願いです。僕のせいで貴洋の人生がメチャクチャにならないように、助けてください！　今からでも……何かできることはありませんか？　僕はどうしても、三月十日をやり直したい！」

やり直さなければ、貴洋の人生にも心にも傷が残る。

貴洋は天から何物も与《あた》えられた人気者だが、妬《ねた》み嫉《そね》みを受けていないとはいえない。

今は、公然と叩けるネタがあれば、どんな人気者でも完膚《かんぷ》なきまで叩かれる世の中で、ネット社会特有の私刑が横行している。イジメで同級生を死に追いやった犯人という噂《うわさ》が広がった場合、貴洋の氏名や住所、顔写真が晒される可能性は十分に考えられる。

「お願いです、何か方法があったら教えてください！」

由良の訴えに、番人は三本の白い尾を同時に振った。そしてわずかに頷く。

「女王陛下は万能に近いほどの力を持っている。君を過去に戻すことも、生き返らせて、あの日をやり直させることも可能だ。ただし、君が騎士になれた場合の話になる」

「騎士に、なれた場合？　騎士になれたら、本当に叶えてもらえるんですか？」

「ああ、クリソベリル・キャッツアイで騎士を目指し、見事に任命されると女王陛下から褒美《ほうび》が与えられる。制服類のデザインを自分好みに変えた元デザイナーの猫人がいたと、さっき話しただろう？　彼もまた騎士に任命された際にその願いを叶えてもらったんだ。

制服類のデザインだけではなく騎士団の名前も変更したし、なんでも華やかに整えないと気が済まない美意識の高い猫人だった。それは一例に過ぎないが、極《きわ》めて非常識なことや不幸を招くこと、猫や猫人の命運《めいうん》を左右することでなければ、大抵《たいてい》の願いは叶えられる。だからこの国に招かれて猫人となった死者は、ほぼ例外なく制服の方を選んで着替え……騎士を目指して励む。『幽霊《ゆうれい》としてでも恋人に一目会いたい』『親に宝くじが当たるようにしてほしい』『自著《じちょ》の完結編を、死後に発掘された形で世に出したい』など……これまでに女王陛下が叶えた騎士の望みは数え切れない。何しろ、陛下は人間に愛された幸せな猫の魂の集合体だ。人間を愛し、温情《おんじょう》に満ちた優しい御方だからな」

「──幸せな猫の魂の……集合体？」

「ああ、人間にとても愛されたから、人間を深く愛している」

「僕は猫を飼って可愛がっていたわけじゃないですけど……もしも騎士になれたら、僕の望みは叶えてもらえるでしょうか？」

時間を戻してもらって三月十日の朝からやり直し、ラブレターが黒板に貼られる段階ですぐに悪戯を阻止《そし》したい。友人関係を否定するような発言を貴洋にさせないようにして、待ち合わせもしない。そして放課後に独りで川に行き、小学生が仔猫をダンボールに閉じ込める前に注意してやめさせれば、何もかも上手くいく。

貴洋は責められず、家族は悲しまず、猫も危険な目に遭《あ》わなくて済む。

そして自分は、そのまま人間として生きていけるだろうか──そう考えた由良は、目の前で腕組みしている番人の顔を見上げた。

彼は白っぽい眉を寄せ、「それは無理な話だ」と、心を読んだうえで即答する。

答えを聞く前から、そんなに何もかも都合よくいくはずがない気がしていたが、やはり甘くはなかった。

「生者として動けるのは一時間だけだ。例えば、猫が流される前の時間に戻ったとして、悪童を懲らしめて虐待を阻止すれば君も溺れずに済むが、いずれにしても一時間後に君は消える。つまり失踪《しっそう》という形になるわけだ。因みに、猫を助けることと、この国に戻って騎士として女王陛下に仕えることは変えられない。騎士になった褒美として望みを叶えてもらう以上、ここに戻ってきて務めを果たすのは当然だ。それはわかるだろう？」

「は、はい……そう、ですね……それは、確かに」

騎士になれても、生者に戻れるのは一時間だけ――それはあまりにも厳しく思えたが、よくよく考えれば、死んだ人間が生き返ることなど普通はできない。

どんなに後悔しても、時間は一秒たりとも戻らないものだ。

生きている人の中には、大事な人を突然亡くしたり、自分自身が災難に遭ったりして、「あの日に戻ってやり直したい」と願っている人が大勢いるだろう。

今頃、貴洋も、両親も弟も、そう思ってくれているはずだ。

けれども、どんなに願っても時間は巻き戻せない。

「一時間でも生き返ることができるのは、物凄く素晴らしいことですよね。その一時間を上手く利用して、自殺でも事故でもなく自分の意志で失踪したことにできるなら……僕は騎士を目指します。僕みたいな平凡な人間でも、騎士になれる可能性はあるんですよね。そうじゃなかったら僕はここにいないはずだし、頑張れば絶対無理なわけじゃないって、希望を持っていいんですよね？」

騎士がどういうものかよくわからなくても、女王陛下に仕える騎士なのだから、きっと誰もが憧れる素晴らしい存在なのだと思った。そう考えると身の程知らずで途方もない高望みをしている気がして恥ずかしかったが、由良の覚悟は揺るがない。

願いは一つ——過去に戻って溺れずに猫を助け、貴洋に罪を背負わせないこと。

そのためなら、謎だらけの世界でどんな努力も苦労もしてみせる。

猫耳が生えようが尻尾が生えようが、なんだって構わない。

「目がキラキラしてきたな。死していきなり猫の王国に連れてこられても、嘆《なげ》きもせず、私欲にも走らずに前を向いて励む者は、いつか必ず光を見る。一年かかるか十年かかるか先は読めないが、君が騎士に任命される日が来るのを楽しみにしているよ」

「はい、頑張ります。わからないことだらけだけど、このままには絶対できないから」

「よし、そうと決まれば教室に案内しよう。皆に紹介するに当たって名前を決める必要があるんだが、カタカナでユラやモリー……或いは完全な偽名《ぎめい》でも構わない。大切なのは、出自がわからない名前をつけ、あらゆる個人情報を秘匿《ひとく》するよう努めることだ」

「個人情報保護法が、ここにもあるんですか？」

「それよりもっと深刻だ。人種による差別意識がなくとも歴史的遺恨《いこん》がある場合は、共同生活に支障を来すことがある。そういったトラブルを回避するため、ここでは過去のない人間でいなければならない。露骨《ろこつ》に日本人らしい名前は避けるのが無難だ」

「……それなら、ユラでいいですか？」

「もちろんだ。君の名前は、たった今からカタカナで書くユラになった。細かいことは追々説明するとして……まずは指導教官を紹介するから、制服に着替えてくれ」

由良は番人に「はい」と答えると、衝立の向こうに戻った。

尻尾を出すための穴が開いたスラックスを手にして、慎重《しんちょう》に穿いてみる。

なんとも奇妙な感覚だったが、尾の動かし方は自然とわかった。

産まれる前から付き合いのある手を動かすのと同じように、穴に通したいと思えばその通りに動き、耳もまた、髪が触れて嫌だと思えば、ぴんぴんっと勝手に動いて髪を払う。

トルソから脱がせた黒い上着に袖を通した由良は、怖々《こわごわ》と姿見の前に足を向けた。

室内の植物を映す大きな鏡の前に立ち、猫の王国の住人になった自分と対峙《たいじ》する。

「う、わ……なんか、なんか違うんですけど！」

耳や尻尾がついていることは覚悟していたものの、他にも驚くべき変化があった。

顔立ちは特に変わっていないが、髪の色が明るくなり、毛質は柔らかくなっている。

目の色も、琥珀《こはく》を彷彿《ほうふつ》とさせる綺麗《きれい》な色だった。

体型にも変化が見られ、相変わらず背は低いが、以前よりも細く引き締まっている。

その影響なのか、顔の輪郭《りんかく》もはっきりとしていた。

番人がいっていたビューティーアップを実感すると、由良は落ち着かなくなる。

今の自分は、本来の自分よりも少しだけ見目がよく、「なんかハーフっぽくてイケてる気がする」と思ってしまったことに照れた。

口に出してはいないが、心を読み取れる番人には伝わっているはずだ。

「この縞々《しましま》の尻尾って、茶トラのですよね？」

「君が助けた猫が茶トラだったからだ。原則として、猫人は自分が助けた猫の特徴を受け継ぐことになる。ヒトとしての目や髪の色が変化するのも、よくあることだ。どのくらい影響を受けるかは個人差があるので一概にいえないが、君はわりと変わった方だな」

「番人さんは、白いメインクーンを助けたからそういう姿なんですか？」

「いや、私は猫人ではなく長寿の猫生《ねこせい》を繰り返した猫又だ。人間だった経験はない」

「あ、そうですよね……すみません、また混乱してました」

先程までの説明を聞いてわかっていたはずなのに、馬鹿なことをいって恥ずかしいなと思うと、尻尾が勝手に体の前側に回ってくる。耳や尾があるからといってさほど違和感はないものの、動かそうと思わなくても動いてしまう存在があることに戸惑った。

「ああ、来たようだ。現役騎士で、指導教官を務めるイズミだ。騎士には敬称として卿《きょう》をつける決まりがあるので、イズミ卿」

「――泉？　え……泉って……日本人っぽい名前ですね」

「カタカナで書くイズミだ。猫人の名前は、全員カタカナになる」

どうしてカタカナなんだろうという疑問を抱きながらも、貴洋の苗字と同じ名前に強く反応した由良は、扉が開くのを待つ。

コツコツと足音が聞こえると同時に、番人が「カタカナなのはユラが日本人だからだ。ロシア人の猫人には、他の猫人の名前がキリル文字で表記され、私を含めた誰もがロシア語で話しているように聞こえるんだ。授業で使われる黒板の文字や書物に関しても同じで、自分の母語《ぼご》や得意とする言語で読めるようになっている」と説明した。

「それは、物凄く……便利ですね。英語とか勉強しなくても、同時通訳されるんだ……」

「ああ、ユラの場合はすでに知っている漢字やカタカナ、ひらがな、和製英語や、授業で習った英語などに変換される。ちなみに私が話しているのは、ただの猫語だ」

「猫語……」

「天国の一角だといっただろう？　言語の違いで君達を苦しめたりはしない」

ああ、なんて親切な世界だろう――そう感心するや否や、ノックの音が響く。

番人が「どうぞ」と許可すると、オリーブのような葉に囲まれた扉が開いた。

「失礼します、タンザナイト騎士団のイズミです」

どことなく聞き覚えのある声が聞こえてきて、鮮やかな青い軍服に白いマントをつけた青年が入ってくる。

番人と変わらないほど背が高い彼は、短毛種の黒猫を助けた猫人だとわかった。

黒猫らしい艶《つや》のある黒髪の間から、大きめの黒い猫耳が生えている。

番人と違って人間の耳もあるので、由良と同じ四つ耳だ。

「――え、ぁ……！」

イズミと名乗った指導教官を前にして、由良はここに来て最大の衝撃を受ける。

固まる池も、メインクーンのような番人の姿も、自分が死んだことすらも、この衝撃の足元にも及ばなかった。

彼の顔に目が釘《くぎ》づけになり、瞳《ひとみ》が乾いて痛くなるまで瞬きを忘れる。

「た、貴洋？」

タンザナイト騎士団という名称にぴったりの青い服を着こなしている青年は、他人とは思えないほど貴洋に似ていた。

年齢や身長が違うだけではなく、少年ならではの細さや薄さが感じられた貴洋の体とは逆に、厚みのある体を持っていたが、それを差し引いても似過ぎている。

「あの、泉貴洋を知りませんか？　もしかして、親戚《しんせき》とかですか？」

由良は貴洋の父親に兄弟がいるかどうかを知らなかったが、イズミ卿が貴洋の従兄《いとこ》や、年の近い叔父《おじ》ではないかと考え、勇気を出して距離を詰めた。

老人ですらこの国に来ると若々しい姿になるなら、見た目通りの年齢とは限らないが、いずれにしても貴洋の血縁者だと思えてならない。

「貴洋のこと、知ってますよね？　苗字が同じで、顔も似てるし！　あの……僕は貴洋の幼馴染なんです。隣の家に住んでてっ」

「俺は自分の名がイズミであること以外は知らない。この国では、生前の個人的な情報を洩《も》らすのは禁じられている。どうしても話したければ番人を訪ねろ。この部屋は、学校の保健室や教会の懺悔室《ざんげしつ》に相当する部屋で、彼は養護教諭《ようごきょうゆ》にも牧師《ぼくし》にもなってくれる」

顔立ちが似ているせいか、イズミ卿の声は貴洋の声に似ていた。

目の色は黄色とも緑ともいえる明るい黄緑色《きみどりいろ》で、これに関しては貴洋とまるで違うが、彼が生前に助けた猫の目と同じ色に変わった可能性がある。顔立ちから察するに、元々は日本人に多い黒瞳と暗褐色《あんかっしょく》の虹彩《こうさい》の持ち主だったのだろう。

しかし彼は、やはり貴洋ではない。

――貴洋なら、僕の目を……こんなに真っ直ぐ見るはずない。

高校に入って部活を辞めてから、由良は貴洋と疎遠になってしまったが、正確には中学三年の終わり頃から兆《きざ》しがあった。

貴洋は由良と一緒にいてもあまり目を合わせなくなり、顔を直視するのを避けていた。

エスカレーター式で受験がないにもかかわらず、勉強を理由に部活帰りの寄り道や家の行き来をやめてしまい、貴洋の方から声をかけてくることはなくなっていた。

――凄い、じっと見られてる。僕も負けないくらい見てるけど……。

お互いに目を逸らさず、沈黙《ちんもく》のまま時が流れていく。

由良の前に静かに佇《たたず》むイズミ卿には、どことなく陰があった。

貴洋以上に華やかな容姿の持ち主だったが、何故か暗い顔をしている。

――見た目だけじゃなく性格も違いそうだけど、もし貴洋にお兄さんがいて、格闘技をやってたらこんな感じだったかもしれない。弟はいてもお兄さんはいないから、やっぱり親戚としか思えない。あ、もしかして……貴洋の曾《ひい》お爺《じい》さんが猫を助けて亡くなってて、若返ってこの姿になってるとか？　や、でも長い闘病生活だったたって聞いたし、違うか。こうやってあれこれ考えたり訊いたりしたら、駄目なんだ。

黒豹《くろひょう》のように立派なイズミ卿の尾が、ゆらりと揺れる。

ようやく動きだした彼は、由良に向かって一歩だけ歩み寄った。

由良の頭の猫耳から、尾の先までを検《あらた》めるように見て、唇を引き結ぶ。

張り詰めた頬の内側で歯を食い縛《しば》っているのがわかったが、苦しげな顔をして何を噛み締めているのかは、読み取れなかった。

——怒ってるのかも……しれない。自分の名前がイズミであること以外は知らないっていうのは、詮索《せんさく》された時に躱《かわ》しやすくするための方便《ほうべん》で、本当は僕の死が貴洋を苦しめたことを知っていて、僕に何か文句をいいたくて……でも個人情報は話せない決まりだし、親戚としての怒りを抑えて、仕事だから我慢《がまん》してるんだ。

目が明るい黄緑色だったり、銀装飾を施した立派な青い軍服風の騎士服を着ていたり、腰に短剣を携えていたりと、日本人の高一男子の貴洋とは似ても似つかないところを見ているうちに——由良の中で、イズミ卿と貴洋のイメージが乖離《かいり》する。

親戚ではないかと疑ったり追究したりしないルールに、大人しく従うことにした。

たとえ知り合いであっても、ここでは無関係な猫人同士としてやっていかなくてはならないのだ。

「あの、すみませんでした。友達に似てたので、びっくりしてしまって。それで、あの、僕には騎士になって女王様に叶えてほしい夢があります。難しいとは思いますが、ここで精いっぱい頑張るので、よろしくお願いします」

由良は一歩後退すると、イズミ卿に向かって深々と頭を下げる。

すると彼は、「歳はいくつだ？　名前は？」と訊いてきた。

「十六で、名前はユラです。今日からはカタカナで」

「随分と若いな。俺は猫の王国タンザナイト騎士団のイズミだ。呼び捨てで構わない」

「……え、敬称で『卿』ってつける決まりがあるんじゃないんですか?」

「一応そういうことになってはいるが、イズミ卿なんて呼ばれるとむず痒《がゆ》い感じがする。俺はつい先日まで候補生だった新米《しんまい》騎士だ」

「そう、だったんですか……でも、あの……できれば『さん』くらいつけたいです」

「わかった、好きにして構わない。慣れてきたら呼び捨てにするといい」

日本人だし、これでも一応運動部出身なんで絶対無理——と思いつつ「はい」と答えた由良は、イズミが差しだした手を見る。

これもまた日本人としては慣れないが、握手《あくしゅ》を求められているのがわかった。

番人に手を引かれて池から出た途端に死を認識したように、イズミと握手をすることで新たに何かわかるのが怖かったが、手汗を拭ってから握手に応じる。

——あ……なんか凄く大きくて、あったかい。

指先が掌に触れ、そのまま握られた瞬間、不思議な現象が起きた。

急に何かを認識するとか理解するとか、そういった超常現象に近い不思議さではなく、大抵の人間が生まれながらに持っている勘のようなものだ。

この人は優しい人で、自分に敵意を持った人ではないと、なんとなくわかる。

幼い子供が、子供好きと子供嫌いを本能的に見抜いて態度を決めるように、自分の中にあるセンサーが、彼の人となりを察していた。

猫の王国に招かれて、騎士に選ばれた人なのだから当然かもしれないが——そういった肩書よりも、自分の肌で感じ取ったものの方が心に強く刻まれる。

「ユラ、お前が騎士になって叶えたい夢は？」

「あ……えっと、僕は川で自殺したことになっているそうなので、猫を助けて溺れる前に戻してもらって、事故を未然《みぜん》に防ぎたいんです。そうしないと大切な友人が……僕の親や世間から加害者みたいに責められるので、絶対に過去を変えたいんです」

今こうしている間に、貴洋はどんな目に遭っているか——俯く貴洋の姿を想像すると、イズミと握手したままの手が震えそうになる。握手なら短い間で解くべきなのだろうが、まだ手を離したくないと思った。貴洋の親戚のような彼と、もう少し繋がっていたい。

「お前が騎士になり、望んだ時間に戻って過去をやり直すことができたとしても、その一時間後にお前の体は地上から消える。この国に戻ってきて、女王陛下の騎士として仕えなければならないんだ。つまり地上のお前は、自殺者ではなく行方不明者になるだけだ。それでも、どうしても過去を変えたいのか？」

「はい……どうしても変えたいです。今のまま、友達に罪を着せてちゃ駄目なんです」

「——その友人のことは知らないが、確かに……お前の親の気持ちを考えたら、自殺より失踪の方がいいかもしれないな。もちろん、それはそれで酷くつらいだろうが、川に身を投げられて死なれるよりは希望が残って……遥かにマシだと思う」

「そう、ですね……親のこと、そんなに考えてなかったです。父親とも母親とも弟とも、普通に仲よくしてきたのに、なんだか薄情ですね」

「自分が死亡したと知ったのは、つい今し方だろう？　すべてに気が回らないのは仕方がない。だが一番に考えるべきだ。お前の死は友人にとってもつらいことだろうが、大事に育てた我が子に死なれた親の苦しみは、その何倍も何十倍も、いや、数値化できる道理がないな……筆舌《ひつぜつ》に尽し難いほど大きいはずだ」

「――はい」

「誰よりも、家族のために頑張るといい」

イズミはそういって由良の手を離すと、「教室に案内しよう」といった。

しばらくずっと黙っていた番人が、「ユラ、秘密厳守を忘れずに。今みたいに、自分の事情や覚悟を他人に話してはいけないよ。それと、他人の心や体を傷つけると追放になる場合もある。他の騎士候補生とはくれぐれも穏便《おんびん》にやってくれ」と忠告《ちゅうこく》してくる。

由良は「はい、気をつけます」とだけ答えて部屋を出た。

風通しのよい木の廊下を進み、三歩先を行くイズミの後ろ姿を見つめる。

貫禄《かんろく》があるので意外に思えるが、彼は新米騎士だといっていた。つまりこれから向かう教室にいるのは、最近までイズミと机を選べていた候補生ということなのだろう。

「騎士になるには、難しい試験を受けたり、勝負したりとかあるんですか？」

「いや、何もない。魔《ま》を祓《はら》えるだけの清い心を持ち、その想いを剣に籠《こ》める力を磨《みが》いて、剣を実用的に扱《あつか》えればいいだけだ。女王陛下は、我々をいつも見守っておられるからな。騎士として十分に役立つレベルに到達した者を不定期に任命してくださる」

「剣とか、凄く難しそうですけど……剣道とかフェンシングとか、やってなくても騎士になれるものなんですか？」

「大事なのは、魔を祓う気持ちだ。正確には愛情だな」

「え、愛情？　それに……魔って、魔物とかですか？　天国なのに敵がいるんですか？」

由良の問いに、イズミはぴたりと足を止めた。

何かまずいことを訊いてしまったかと焦る由良だったが、そうではなかったらしい。

イズミは廊下の途中にあった小窓の前に立つと、外を指差した。

小窓といっても硝子や扉などは嵌っておらず、アーチを描くただの穴だ。

普通に考えれば雨風や埃《ほこり》が廊下に入ってきてしまうが、ここでは問題ないのだろう。

「わ、凄い……いい風が入りますね」

はっとするほど澄んだ空気が流れ込んできて、体の内側まで洗われた。

猫の王国に来て初めて目にする外は、地上とあまり変わらなく見える。

緩やかな丘陵《きゅうりょう》に広がる草原、自生する美しい花々。その先には濃い緑の木々が密集し、さらに向こうに湖らしき物が光っていた。

どこまでも高い空はコバルトブルーで、日本の空とは違って見える。地上でいうなら、地中海の空の色だ。濃い青を背景に、綿飴《わたあめ》に似た真っ白な雲が流れていく。

陽光は大地を照らし、世界は温もりと生命力に満ちていた。

由良が日常的に目にしてきた光景とは違うが、人間の心の中に宿る理想の田園風景を、そのまま形にしたかのようだ。

「見ての通り、この世界は常春《とこはる》のうえにいつも晴天で過ごしやすい。作物は勝手に実り、雨が降らなくても枯れない。短めのオーチャードグラスに、キャトニップ、バレリアン、レモングラスなど、様々な緑で溢れ返っている。すべてに於《お》いて夢のような世界だが……それでも時折、半月に一度くらいの割合で暗雲《あんうん》が立ち込めて、酷い嵐に見舞われることがある。地上から押し寄せた魔が、城を目指して一斉にやって来るんだ。それを祓えるのは猫人しかいない。騎士団の真の存在理由はそこにある」

「地上から押し寄せる、魔？　悪いモンスターとかですか？」

「いや、人間に虐待されて命を奪《うば》われた猫の怨念《おんねん》だ」

「――ッ」

息を呑む由良に横顔を向けながら、イズミは空の彼方を見据える。

眉を寄せる彼の表情は暗かったが、何かしらの強い意志を感じられた。

「惨《むご》い死に方をした猫達の、ヒトへの怨《うら》みや不信感《ふしんかん》、苦痛が積もり積もりって巨大な塊になった時、それらは猫の王国にやって来る。悪しき人間を滅《ほろ》ぼしてほしいと、女王陛下に嘆願《たんがん》するために来るんだが、俺達猫人を見つけた途端に暴走して、魔は人間への怨みから猫人に襲いかかってくる。それを、斬《き》って浄化するのが騎士の仕事だ」

「き、斬っちゃうんですか？　元々は可哀相《かわいそう》な猫なのに？」

「刃物で切断《せつだん》するわけじゃない。猫への愛情や憐憫《れんびん》、幸せを願う祈りを籠めて……怨みの念を断ち切る形で浄化するんだ。悪い人間ばかりではないことをわかってもらい、信じてもらって、今度こそ幸せな猫生を送れるよう魂を送りだす」

「そうすれば、次は幸せになれるんですか？」

「残念ながら絶対にそうなるとはいい切れないが、人間への憎悪を取り除くことで来世の運気を上げて、幸福に近づけることはできる。満ち足りた猫生の末に、いつか猫又としてこの国で平和に暮らせるよう、手伝うのが騎士の役目だ」

「可哀相な猫の……手伝いをするのが、騎士の役目……」

「ああ、表向きは陛下や民や城を守り、実際には邪悪な人間の尻拭《しりぬぐ》いをしながら、憐れな猫のために働いている。騎士に任命されると女王陛下が望みを叶えてくれることもあって、そのことばかり考えて騎士を目指す者もいるが、そういう猫人はなかなか騎士になれない。任命されたあとに、騎士として本気で働きたいと思う気持ちが大切だ」

「はい……よく、わかりました」

釘を刺されると同時に、イズミから重要なアドバイスをもらったことに由良は気づく。

貴洋のため、家族のためにと、それだけを考えて頑張れば、私利私欲《しりしよく》ではない気持ちが奇跡を生むのではないかと、心のどこかで期待していた。

しかし女王が願いを叶えてくれるのは先払いの褒美であって、騎士としての、その後の働きを期待されているからこそのものだ。

「望みを叶えることを、最終目標にしちゃ駄目なんですね」

「そういうことだ。お前が騎士になって望みを叶えてもらい、ヒトとしての過去を変えることは、次へのスタートでしかない。猫人になった以上、お前にはその先がある」

自分が目指す騎士というものが、とても大切な役目を担っていることを知ると、由良の胸は熱くなった。

到底人間の所業とは思えないことをする輩《やから》が、実在することは知っている。

こうして猫の王国に迎えられ、猫耳や尻尾を与えられたことによって、以前とは比較にならないほどの憤りを感じた。自らの快楽のために弱き者達を甚振《いたぶ》る悪魔《あくま》のような人間の存在を、心の底から憎いと思う。

「騎士に……なりたいです。僕も手伝いたい。残酷で悪い人間は確かにいるけど、そんな輩はごく一部だってことを信じてほしいし、酷い目に遭った猫達に、次こそは凄く幸せな人生を……猫生を、送ってほしいです」

由良は声が震えそうになるのをこらえて、イズミの顔を真っ直ぐに見据えた。

なんとなく向き合うのではなく、完全に視線が繋がると、何故か目を逸らされる。

偶然を装ってさりげなく逃げる仕草は、高校に入ってからの貴洋の態度を彷彿とさせるものだったが、イズミはすぐに貴洋とは違う行動を取った。

意図的に逸らしておきながら、思い直したように再び目を合わせてくる。

「お前ならきっと、いい騎士になれる」

「イズミさん……」

揺るぎなく向けられる黄緑色の瞳から、今度は由良の方が逃げてしまった。

色は違うのに、やはり貴洋の目に似て見えて怖い。

大好きだけれど、本当はずっと見つめ合っていたいけれど——すっと逸らされる瞬間を想像すると怖くなって、いっそ繋がらないよう未然に逸らしてみたり、それが間に合わず繋がってしまったら、自分の方から先に逸らしたりしたくなる瞳だ。

「あの……イズミさんが騎士になった時は、どんな願いを叶えてもらったんですか?」

逃げてしまった気まずさを埋めようとした由良の隣で、イズミは窓に手を伸ばす。

長い指を壁面との境に這わせると、おもむろに唇を開いた。

「ユラ、他人にそれを訊いていいのは指導者や猫又だけだ。何を叶えてもらったのかも、何を叶えてもらいたいのかも訊いてはならないし、話してもいけない」

「あ、すみません。詮索するつもりじゃなかったんですけど、ごめんなさい」

「まあいい、どうやら同じ国の出身のようだし、お前には教えてやろう。俺は、『生前の記憶をすべて消してください』と、そう願ったんだ」

「え、な……なんでですか？」

「記憶がないから理由はわからない。常識的なことは憶えているが、個人的なことは全部忘れた。おそらく、忘れたいことがあったんだろうな」

「そう……なんです、か」

せっかくの願い事を記憶の消去のために費《つい》やす人が幸せだったとは考えにくく、由良は踏み込んではいけないところに土足で上がった自分を恥じた。

ルールには必ず意味があり、死んでしまった人間がどうしても叶えたい切なる願いを、気安く訊いてはいけないのだ。

「そんなことはさておき、クリソベリル・キャッツアイのことを説明しよう」

「あ……はい、よろしくお願いします」

「ここは男子のみで、騎士候補生は現在四十三名いる。騎士が任命されるのは不定期だ。一年に一人か二人、突然決まり、騎士が任命されるごとに一回り終了する。日本の感覚でいうなら一学年が終わる感じだな。俺が任命されたことで同期は二回生に、先輩達は三回生以上になった。最古参《さいこさん》は三十五回生、一回生はお前だけだ」

「三十五回生⁉　そうなるともう、最初は若くてもオジサンになっちゃうんじゃ」

「死後の世界では年を取らない。タイムリミットがないため、永遠に候補生のままでいることもできるんだ。生者の世界でも、学生時代が一番楽しいとか、男だけで過ごすのが気楽でいいといった考え方の人間はいるだろう？　要するに、お前のライバルは四十三人もいないってことだ。本気で騎士を目指しているのは半分にも満たないと思う」

「そ、そうなんですね……それでも、たくさん」

長かった廊下が終わり、イズミと由良は足を止める。

突き当たりには、青く塗られた両開きの扉があった。

「ここが教室だ。週五日、一日二時間だけ座学があり、そのあと剣術《けんじゅつ》や跳躍術《ちょうやくじゅつ》といった実技、自習時間というスケジュールだ。いくらでもサボれる環境だが、騎士を目指すなら常に清い心持ちで、真面目に過ごした方がいい。女王陛下はすべてお見通しだからな」

教室の中からざわめきが聞こえると、聴力がないはずの猫耳がぴくっと反応する。

ここから音が聞こえなくても、勝手に動いちゃうのか——と指で耳に触れつつ確認した由良は、目線のだいぶ上にあるイズミの黒い猫耳を注視《ちゅうし》した。

「黒猫、助けたんですか？　あ、いえ……訊いちゃ駄目ですよね」

「訊かれても憶えてない。黄緑色の目の黒猫を助けて死んだのは間違いないと思うが」

イズミは答えるなり扉に手を伸ばし、真鍮製《しんちゅうせい》の把手《とって》を掴む。

蝶番《ちょうつがい》を軋《きし》ませながら、重厚感のある扉を少しだけ開いた。

「ああ、いい忘れたが、三回生までは指導教官とマンツーマンだ。座学以外は俺が教えることになるから、そのつもりで」

「……え？」

マンツーマンなんですか——と訊こうとした瞬間、開かれた扉の向こうからパパーンと耳を劈《つんざ》く音がする。軽い音だったが、まるで銃声のようだった。

「ニャッ！」

反射的に猫声で鳴いてしまった由良は、尻尾を体に貼りつける。

思わず上体を低くして耳を後ろに伏せ、なるべく体を小さくした。

「ようこそクリソベリル・キャッツアイへ！」

視界いっぱいに、ほっそりとした色とりどりのリボンが舞う。

その向こうから、明るい声が一斉に届いた。誰もが日本語を話している。

まったく動じていないイズミの後ろに半ば隠れた由良は、腹側に回ってきた尾を自分で掴み、無心で引っ掻くようにグルーミングした。

イズミがマンツーマンで教えてくれることに続いて、突然の爆音にも驚かされて、何がなんだかわからず動揺していたが、「ようこそ！」「おお、可愛いね！」「まだ子供だ！」と、次々と聞こえてくる声を聞いているうちに、歓迎《かんげい》されているのを認識する。

「ほとんど平和な日々なんで、退屈してるんだ。新人は必ず歓迎される」

「今のって……クラッカーですよね？　びっくりした……こ、腰が……」

「腰が抜けたのか？　第一印象は大事だぞ、しゃんとしろ」

「は、はぃ」

「まずは自己紹介だ。個人情報を伏せるのを忘れるな」

そんな難しい自己紹介はできません――というより先に背中を押された由良は、教室に足を踏み入れた。

中は広く、机と椅子が並べられていたが、席についている候補生は少ない。

ざっと見て七割が教卓の近くまで来て、由良を迎える態勢を取っていた。

――凄い、猫耳がいっぱいだ。それと、笑顔……笑顔が……。

由良は転校生の立場になったことがなく、転校生を迎える機会も少なかったが、漫画やドラマに出てくる転校生が、こんなふうに歓迎される光景は見たことがなかった。

猫耳を頭から生やした十代から二十代の青少年と、推定十歳以下の子供までいて、同じ制服姿で笑っている。嘲笑などではなく、とても朗らかな笑顔だ。

猫耳や尾の色、目の色、ヒトとしての人種は様々だった。肌の色も髪の色も違う。

そういう点ではインターナショナルスクールのようであり、年齢が揃わない点はフリースクールのように見えた。

「は、初めまして……あの、一週間前に……近所の川で溺れて死んでしまって、今日からこちらでお世話になります、ユラです。助けた猫は、茶トラの仔猫でした」

緊張しながらも、個人情報を伏せた自己紹介に挑《いど》んだ由良は、一旦静まり返った教室を見渡して身を竦《すく》ませる。

第一印象が大事だからしゃんとしろといわれたのを忘れたわけではなかったが、緊張と不安で耳や尻尾も悄気《しょげ》てしまった。

「茶トラ！　それなら俺が飼ってた猫と同じだ！」

立って由良を囲んでいる集団の中から、特に背の高い男が声を上げる。

太めの低い声ではあったが、好感が持てる明るさを孕《はら》んでいた。

二十代前半か半ばくらいと思われる彼は、こんがりと日焼けした肌とオッドアイの持ち主で、右目は青い瞳、左目は金色の瞳をしている。べっこう飴を彷彿とさせるブロンドの間から突きだしているのは、白い猫耳だ。短毛種のため耳の内側が見えやすく、二十代のハンサムな青年には少し不似合《ふにあ》いなくらい、可愛らしいピンク色だった。

「俺はミケーレ。猫が好きでたくさん飼ってて、猫同士の喧嘩で六階の窓から落ちた猫を助けようとして転落死したんだ。見事に空中キャッチしたんで猫は無事だったんだけど、俺は若い身空《みそら》でこの国に来た。もう少しで猫人歴二年になる三回生なんで、困ったことがあったらなんでも相談してくれ」

日焼けしていても白人だとわかるオッドアイの青年を、由良はイタリア人ではないかと推測したが、余計なことはいわずに握手を交わす。

頼もしい大きな手は温かく、死者とは思えなかった。

「よろしくお願いします。あ……襟についてる校章みたいなのに、『3』って」

「ああ、これは何回生か示すためのバッジなんだ。猫目校章とも呼ばれてる」

「猫目校章……数字にはそういう意味があったんですね。だから僕のは『1』」

「ピカピカの一回生だ。このバッジ、猫の目みたいで綺麗だよな。動物はなんでも好きで犬も大好きなんだけど、やっぱり猫が一番だ。特に表情豊かな目がいい」

「はい、奥行きがあってビー玉みたいで、凄く綺麗ですよね」

由良がミケーレのバッジを見ながら笑うと、彼の隣にいた黒髪の少年が「たった二年の三回生なんか新入生に毛が生えたようなもんだよ」と、腰を使って割り込んでくる。

「うわ、オルカ……ッ」

半ば突き飛ばされたミケーレが睨んだ相手は、中学生くらいに見える東洋的な顔立ちの美少年だった。肌が白く、明らかに長毛種だとわかる黒い猫耳と尻尾を生やしている。

全体的に特筆すべき美点が多い人だったが、特に目が印象的で、猫目と表現したくなる鮮やかなエメラルドグリーンの瞳は、吸い込まれるような美しさだ。

「突き飛ばさなくたっていいだろ、俺はユラと仲よくなりたいんだよ」

「うるさいよミケーレ。初めまして、僕はオルカ。生前はマフィアのボスの愛人だったんだけど、ボスが八つ当たりでペットの猫を撃ち殺そうとしたから庇《かば》ったら、信じられないことに撃ち殺されちゃったの。盾《たて》になれば撃たないだろうって思っただけで、猫のために命を捧げる気はなかったのにここに迎えられて……騎士の適性なんて全然ないもんだから最古参の三十五回生。もう二十年も学生やってるよ。でも外見通り心も永遠の少年なんで、オジサン扱いはしないでね。ポジション的には皆のアイドルなんだから」

「は、はい……よろしく、お願いします」

小柄な由良よりもさらに背が低い少年オルカは、「よろしくニャン」と笑いながら猫手を作って、愛らしい仕草を見せる。

猫人生活が長いと猫っぽさも増すのか、瞳孔が縦長になっていて猫の目に近かった。そんな彼の襟元のバッジには、『35』という数字が潜んでいる。

オルカと握手を終えると、他の猫人が代わる代わる自己紹介を繰り広げた。

そうして由良を取り囲んで愛想よくしているのは、オルカと小さな子供を除くと、ある程度上背のある男らしい猫人ばかりで、握手を求めてきたりウインクしたりしてくる。

逆に興味がなさそうに自分の席についたまま動かないのは、由良と近い体格の少年や、少女と見紛うロングヘアの美少年など、十代半ばから二十代前半くらいに見える小綺麗な猫人が多かった。

――なんだろう……最古参のオルカさんは例外として、見た目でパッキリ分かれてる。大人の男の人と、十歳未満くらいの子供には歓迎されてるのに……同年代の小柄な人にはスルーされてる？

理由がわからなかった由良の前に、二十代半ばくらいの東南アジア系の青年が立つ。彼は笑顔で名乗ると、「二十代に見えると思うけど、実際には最年長の四十二歳なんだ。ここには約四年いる。僕のことはオジサンて呼んでもいいからね」といってきた。

他にも、ぎょっとするような死に方をしたことを告げてくる人がいたり、見目が非常に優れた人がいたり、死亡時八歳という子供もいて驚きの連続だった。

由良は彼らの言葉に懸命に耳を傾けていたものの、後半になると席に座っていた面々も立ち上がって自己紹介に加わり、一気に四十三名と挨拶を交わしたので、最終的には誰が誰だかわからなくなってしまった。

早い段階で登場した最古参のオルカから聞いた……マフィアのボスの愛人だった話や、射殺された話など、インパクトのある情報に囚《とら》われていたのが原因だ。由良にとって特に印象深かったのは、三十五回生かつ、二十年もここにいるという事実だった。

――騎士の任命は不定期に行われて、一年の間に一人か二人選ばれる。その都度学年が上がるルールだから……最古参で三十五回生のオルカさんが、二十年ここにいるのも計算上は理解できるんだけど……。

オルカが猫を庇って殺害されたのが、由良と同じ十六歳だったと仮定した場合、外見に反して現在三十六歳ということになる。死後の世界で年を数える意味はないのだろうが、この世界に来たばかりの由良には衝撃的だった。

何より、二十年という歳月はあまりに重い。いつまでも騎士になれなかったら、自分もオルカのように長い学生生活を続けることになるのだろうか。

——そういえば……マフィアのボスって男だよね。女ボスとかじゃないよね？　ゲイのボスが美少年を囲ってる感じだったのかな？　なんか可愛いだけじゃなく色っぽい雰囲気あるし、オルカさんもゲイってことなのかな？

「今日のところは挨拶だけだ、寮の部屋に案内しよう」

イズミに声をかけられた由良は、集中力と脳の処理能力の限界を感じていた。

やっとここから離れられる、と安堵してすぐに去りたい気持ちと、「今度こそ集中して聞くので、オルカさんの次の人からもう一回お願いします！」と頼みたい気持ちの狭間《はざま》で揺れるものの、そんな失礼なことをいえるわけもないので「はい」と答える。

「イズミ卿、もう連れていっちゃうのか？　ユラともっと話させろよ」

「ミケーレ、ユラはシャイな民族の出身だ。お手柔らかに頼む」

「シャイ？　ああ、ここに来た頃のお前と一緒だな」

「そんな昔のことはもう忘れた」

「最短で騎士になった奴が何いってるんだか、嫌味だろ」

「時間の感覚は人それぞれだ」

イズミはミケーレに淡々と答えると、由良の手首を掴む。

痛くはない程度にぐっと力を籠められると妙に嬉しく感じる由良だったが、ミケーレとイズミの関係が気になってしまい、二人の顔を交互に見ずにはいられない。

ライバル関係にあるように対峙しながらも、互いに向ける視線はぎすぎすしたものではなく、流れる空気は悪くなかった。

――なんだろう、なんとなく……仲よさそう。

あくまでも直感だが、二人は友人関係にある気がしてならなかった。

つい最近まで共に騎士を目指していたのだから、懇意にしていてもおかしくはない。

イズミが先に騎士に任命された時、当時は二回生のミケーレがどんな想いだったのかは知る由もないが、格差ができた今も、それはそれとして壊れないものがあることを察した由良は、ミケーレに対して淡い羨望《せんぼう》を抱いた。イズミと貴洋は別人だとわかっていても、ミケーレがイズミの友人であるなら、やはり羨《うらや》ましく思ってしまう。

――ミケーレさんだったら、イズミさんの親友ポジションでも違和感ないし、もし友達検定があったとしたら余裕で合格するタイプに見える。まだよく知らない僕から見ても、魅力的でキラキラした明るい人なのはわかるし。

自分は部活を辞めたことで貴洋と疎遠になり、貴洋は年上の彼女を作って、由良の優先順位を著《いちじる》しく下げた。

そのことが淋しくて、どうしてなのかと悩んでは答えを出し、そしてまた一から悩み、挙げ句の果てに貴洋に対して、『どういうこと?』などと不満げなメッセージを送信して、大変な罪を背負わせてしまったが、思い返せば自分など切られて当然の身だった。

自分はミケーレのように人を惹きつけられる人間ではない。

天は人の上に人を作ってはいないかもしれないが、強い磁力でも持っているかのように周囲の人間を集める才人と、いつの間にか群がる大衆とに分かれているのが実情だ。

カリスマ性やスター性を持つ人は、大衆によって担がれ、結局は人の上に君臨《くんりん》する。

特別な彼らが好んで付き合うのは、己をより高められる同種の人間か、安らぎや悦《よろこ》びを与えてくれる異性だということくらい、もうわかっていた。

「ユラ、大丈夫か?」

「ニャッ……あ、はい、すみません」

教室を出て先程の廊下に戻ると、イズミが苦笑を向けてきた。

脳内に地獄絵図のような人間ピラミッドを描き、自分を取り巻きの下方に配置していた由良は、またしても猫声を発して肩を落とす。

「あとで、写真と公開プロフィール付きの候補生名簿を渡すから安心しろ」

クラスメイトが大勢いて大変だろう——といいたげな表情を見ながら、由良は彼を今日初めて会った人とはどうしても思えずに、「ありがとうございます」とだけ返した。

人間ではない番人や、明るく親しみやすい印象のミケーレ、超人的な存在のオルカにも興味を惹かれたが、やはりイズミに向かう気持ちは何よりも強い。

ふとした表情や仕草に、貴洋との繋がりを感じるせいだ。

貴洋と一緒にいるような気がして嬉しくて、けれども違うと思うと淋しくなり、ここが死後の世界だと考えると、やはり貴洋でなくてよかったと思い直し——颯爽《さっそう》と廊下を進むイズミの横を歩きながら、心が堂々《どうどう》巡《めぐ》りしていた。

「明日改めて案内するが、座学教室の並びにある、この扉の先が鍛錬場《たんれんじょう》だ。主に剣術の鍛錬をする場所で、跳躍力が上がっている猫人の体に合わせた構造になっている」

「跳躍力……番人さんから聞きましたけど、まだ跳んでないので実感がないです。猫耳や尻尾みたいに、元々あったみたいな感覚ですんなり受け入れられるといいんですけど」

「跳躍力には個体差があり、生前の身体能力が引き継がれるといわれている。自分の力を見極《みきわ》めて慣れさえすれば、ヒトだった頃よりも身軽に動けて暮らしやすい」

「はい……運動は好きですし、頑張ります」

「それは何よりだ。運動神経には自信があるか？」

「悪くは、ないかもです。一年前まで陸上やってましたから」

廊下を歩きながらイズミと言葉を交わし、状況を受け入れているように振る舞う一方、由良の心の半分はこの場になかった。

イズミと一緒にいることで貴洋を感じれば感じるほど、生者の世界で進行中の出来事が気になって、頭を切り替えられずに苦しくなる。

今頃、地上では貴洋が酷い目に遭っているだろう。

もちろん、母親や父親、弟のことも心配だった。

地道にキャリアを積んで、大きな仕事を任されたと喜んでいた母親は、長男がイジメを苦に自殺したと誤解して、イジメに気づけなかった自分を責めたり学校を訴えたり真相を究明しようとして、仕事以外のことに時間を奪われ、疲れ果ててしまうのだろうか。

父親は、悲しんではいても母親の怒気に呑まれて何もいえず、弟は自分なりに頑張って家事を手伝おうにも洗濯機の使い方すらわからず、誰もが苛立って、家の中も家族の心も荒れていくかもしれない。

貴洋の家にしても、地元では知らない人がいない個人病院を経営しているだけに、噂が広まるのが早く、貴洋本人はもちろん、親や姉や弟、果ては親戚や病院関係者に至るまで大変な思いをしているはずだ。

可能なら今すぐにでも、たとえ一分でもいいから生き返って、「あれは猫を助けた際の事故なんです！　貴洋は何も悪くない！」と叫びたかった。

「ここが校舎の終わりで、外に出て中庭を囲んでいる回廊を進むと寮に行ける。日本的にいうなら渡り廊下という感じだな」

由良が沈んでいる間に、イズミは青い騎士姿でカツカツと歩き続け、鍛錬場から程近い両開きの扉の前に立った。

この扉には硝子が嵌め込んであり、外の景色がよく見える。

廊下の途中の小窓から眺めた光景とは違って、自然のままではなく、美しく整備された花と緑の楽園が広がっていた。

巨大な三角コーンに似たトピアリーが無数に並び、薔薇《ばら》と蔦《つた》で埋め尽くされたアーチも点在している。天高く水を噴き上げる噴水《ふんすい》は陽光を受けてキラキラと輝き、オレンジ色の屋根の小さな小屋の天辺では、風見鶏《かざみどり》の代わりの黒猫の風見が回転していた。

扉を開けると思いのほか強い風が流れてきて、イズミが騎士服につけていた白マントがバサバサと音を立てて風を孕む。お互いの猫耳が、ぴくっと反応した。

「向こうに見える煉瓦色《れんがいろ》の建物が寮だ。回廊の中央部は中庭と呼ばれ、噴水やフォリー、四阿《あずまや》やベンチ、遊歩道や療養のための離れ屋なんかもある。ここから見ると木が多いが、何もない広場もあって、学生が集まってキャッチボールやバトミントンをしている」

「凄い、広いんですね。中庭だけで東京ドーム何個分かありそう」

「そういうことをいうと出身地がバレるぞ。まあ、バレバレだけどな」

「あ、そうでした。すみません。反日家の人とかいますか？」

「さあ、内心どう思っているかはわからないが、俺が知る限りでは他者を傷つけるような猫人はいないな。そういう奴は追放されているだろうし。ただ……夜は気をつけろ」

イズミは白亜《はくあ》の外回廊に踏みだすと、「悪意はなくても愛はあるから」と忠告してくる。

「……え、愛？」

愛といわれて耳を疑った由良は、この場合の愛について考えた。

善良な猫人による博愛《はくあい》という線に行き着くが、それでは会話の辻褄《つじつま》が合わない。

「愛といっても性愛の愛だ。もし誰かに誘われたら、曖昧な態度を取らずに断れ」

「性愛の……愛って」

「若い男しかいないんだから当然そうなるだろう？　猫生を全うして猫又になった猫は、半神格化して生殖や狩りへの欲求を失ってるが、俺達猫人は事情が違う。この世界の夜は長くて退屈で……卒業するまでは異性との接触を持てないし、しかもお前は可愛い」

「――ッ」

「積極的に自己紹介してきた面々が、そういう目をしていたことに気づかなかったのか？ここでは『番《つがい》』と呼ばれる結婚に相当する関係のカップルは少なく、ほとんどの候補生がお前と自由恋愛を愉《たの》しみたいと思っている。精通を迎えていない子供もいるから、日中はその手のことを口にするのはタブーだが、大人の候補生は夜になると動きだす」

草地を分断する回廊を歩きながら、イズミは「毎晩、しっかり鍵をかけて寝るんだぞ」と再び忠告するなり、由良の背中を尻尾でトンと叩いた。

「あ……」

彼が本当に示したい場所は、背中ではなく腰……正確には尻だと察した由良は、ああ、そういう意味か——と理解するなり、処理能力の限界を迎えていた頭をショートさせる。

真っ黒に焦げついて、遂には体を動かすこともできなくなった。

イズミのあとを追いたくても足が動かず、膝からガクッと折れてしまう。

もう何も考えたくなかった。

いっそ気を失えたら楽なのに——そして次に目を覚ましたら元の世界にいて、なんだか長い夢を見ていた気がする……と思う程度で済めばいい。

「ユラ、大丈夫か？　いきなり色々いい過ぎたな」

何歩か先まで行ったイズミは、由良の動きに気づくなり戻ってきた。

心配そうに声をかけるだけではなく、一緒に膝を折ってくれる。

小さな子供と話す時に、目線の高さを合わせるのと同じだ。

——この人、やっぱり優しい人だ。

柔らかな光が射す外回廊で、しゃがみ込んで顔を見合わせる。

凄まじい悔恨《かいこん》と混乱に陥る由良にとって、イズミの優しさは天の救いだった。

焦げついて真っ黒になった頭から、焦げがパラパラと剥がれ落ちる。

この人と一緒に頑張れば必ずなんとかなると、希望を見いだすことができた。

イズミが貴洋に似ている影響は大きいが、もしも似ていなかったとしても、彼が寄せてくれる優しさは感じ取れただろう。

あまりにも突然の死と、未知の天国、容姿の変化に、貴洋の親戚と思われるイズミとの出会い、そして同性愛を愉しんでいるらしい騎士候補生達——驚くことが怒涛の如く押し寄せてきて、体に続いて心まで渦に呑まれて溺れかけた由良は、一緒にしゃがんでくれたイズミの手をぎゅっと握り締めた。

「まだ夢を見ているみたいで、混乱してるんですけど、ここが本当に存在してることも、騎士になれたら望みが叶うことも……一切の疑いを捨てて心から信じます。過去に戻って一時間だけ生き直して、友達や家族の苦しみを少しでも軽くするために、そして気の毒な猫のために、騎士を目指して頑張ります。だから、どうか……御指導お願いします」

由良は腹を括って宣言しながらも、自分が勝てるとは思えないポテンシャルの高そうなライバルの姿を思い浮かべる。

同時に、彼らを凌いで上に立つ騎士のイズミを見ていると、同じ立場に立ちたいと望むことすら気が引けたが、臆する心を奮《ふる》い立たせた。

「何度も同じようなことをいって、すみません」

望みを叶えるために騎士を目指して励むことはすでに伝えていたにもかかわらず、もう一度宣言した由良は、イズミの手をさらに強く握り締める。

彼は少し遅れて、けれども同じくらい強い力で握り返してくれた。

輝く黄緑色の双眸《そうぼう》に由良を映し、「何度でも大丈夫だ」と、大きく頷く。

「あんなにたくさんのライバルに会ってからも頑張ろうと思えたなら、気持ちでは負けていない証拠だ。ここでは、それが何よりも重要になる」

「イズミさん……」

「俺はユラの指導教官だ。いくらでも頼ってくれ」

イズミは由良の手を握ったまま微笑むと、静かに瞼を閉じる。

まるで祈っているように動かなくなり……由良は少し戸惑ったが、このままでいたいと思ったので何もいわずに手を繋いでいた。

さらさらと流れる風も、絶えず感じるイズミの体温も、心地好くてたまらない。

揺れる黒髪や、伏せると長い睫毛《まつげ》、潔い形の眉や真っ直ぐな鼻筋が落とす影まで貴洋に似ていて、由良は込み上げる涙を精いっぱいこらえて歯を食い縛った。

早く、一日も早く騎士になって過去に戻り、貴洋の苦痛を取り除きたい。

そのためなら、どんなことでも信じられる。何があっても、乗り越えられる。

5

猫人として初めて迎えた夜——猫の王国の騎士養成学校クリソベリル・キャッツアイの学生寮に部屋を与えられた由良は、まだ暗いうちに目を覚ました。

薄闇の中で瞼を上げた途端、見慣れた部屋ではないことに驚く。いつも目に入るはずの天井のライトや高校のブレザー制服、小学生の時から愛用している勉強机がない。

ここはどこだっけ……と、起きて戸惑う時は大抵、家族旅行で旅館に宿泊していたり、かつて所属していた陸上部の合宿中だったり、祖父母の家に泊まっていたりするのだが、そうではないことを思いだした。

——尻尾がある……耳もある。夢みたいだけど、これが僕の現実なんだ。

尻尾穴の開いた寝間着姿でベッドに横たわったまま、由良は猫の尻尾を宙に舞わせる。手を動かすのとなんら変わらず、うねうねと波立たせたり円を描いたり、自在に動かすことができた。それなりに太い茶トラの尻尾と付き合い始めてまだ半日程度だが、すでに体に馴染んでいる。

鏡に映る姿を目にしたり、尻尾の先が視界に入ったり手が触れたりすると少々驚くが、尾が体についていることそのものは、不思議なくらい気にならなかった。

猫耳の方も同様で、邪魔に感じる髪をピッと払ったり、好きに動かしたりできる。

身を起こすなり伸びがしたくなった由良は、四つん這いになって全身を伸ばした。シーツに頬を擦りつけ、上体を限りなく低くして腰を突きだす伸びは、陸上部で行っていたストレッチとは違う。これまで一度もやったことがない猫らしい伸びを、体が自然と行っていた。

――ベッドに入っても興奮とか緊張とか凄くて眠れないと思ったのに……イズミさんにもらった候補生名簿を見てたら急激に眠くなって……あ、一人目のオルカさんのページ、開いたままだ。

イズミから、「名簿は暇な時に見ればいい。今夜はなるべく早く休んで、明日に備えるように」といわれていたので、早々に眠ったことは問題ない。

むしろよかったのだが、すぐに起きてしまっては意味がなかった。

――こういうベッド、天蓋《てんがい》つきっていうんだっけ、お姫様ベッドとかいうやつ？

由良は照明を点けずに室内を見渡し、疲労困憊《ひろうこんぱい》していた就寝前には見る余裕がなかった箇所に目を向ける。

ここは寮の二階の、中央付近にある部屋だ。真下は共有ラウンジになっているため、足音などに気を遣わなくても大丈夫だといわれていた。元々はイズミが候補生の時に使っていた部屋で、家具などもそのままだが、希望すれば自分好みに変えられるらしい。

布製品がどれも青かったことから、イズミは青が好きなのかと思ったが、それについて訊ねると、「俺の前に住んでいた人の趣味らしい。俺は入寮時のままカスタマイズせずに使っていた」という答えが返ってきた。

貴洋は青系が好きだったので、イズミの答えを少しばかり残念に感じた由良だったが、そのあとすぐに、「好きな色でもあったし」と補足されると嬉しくなった。

由良は、この部屋を今のまま使おうと思っている。

貴洋が好きな色だからというだけではなく、自分の好みにカスタマイズすると、ここに根を張ることになる気がして抵抗があった。

もしかしたらイズミも、偶然好きな色だったからというだけではなく、ここは一時的な仮住まいだという意識が強かったからそのままにしたのでは……と思っている。

彼のことをよく知っているわけではないが、なんとなくそんな気がした。

独りで使うには贅沢《ぜいたく》な二十畳ほどの部屋には、天蓋のついたベッドと、カントリー調の勉強机と椅子、円いカフェテーブルがあり、窓際にはソファーが置かれている。

室内履きに足を入れて窓辺に立つと、黄金色の満月と、月の光に負けない星が見えた。

猫の王国は球体ではなく、自転もしない。由良が知っている天体とは異なる太陽と月と星が、常に同じ位置にあると聞いていた。時間が来ると入れ替わる電灯のようなもので、夜が長めになっている。昼は原則として晴天、夜は満月らしい。

一日は二十四時間、一年は十二ヵ月。月の名前は、プロデュースが好きな美意識の高い騎士の願いによって騎士服の装飾とリンクされ、鉱物《こうぶつ》の名がつけられていた。

日本の三月十七日か十八日である今日は、タンザナイト月の十七日目に当たる。

イズミが所属するタンザナイト騎士団というのは、タンザナイト月に騎士に任命された猫人が配属される騎士団というだけで、石のグレードによる上下はない。

イズミは今月騎士になったばかりの……本当に新米の騎士だということがわかったが、由良が現時点で知ったことはそれくらいだった。授業は明日からなので、この国の常識に関しても、騎士になるための実技も、これから学んでいくことになる。

——一つ……教えてもらわなくてもわかった気がする。猫の王国に到着したのは昼過ぎくらいだったのに、未だに全然お腹が空かない。

頭の中の常識として、疾《と》うに空腹にならないとおかしいはずだと思うのに、肝心の腹の中は非常識に穏やかで、とても満たされている。食べたい物を想像しようにも、希望する食品が思い浮かばず、白いご飯や味噌汁、好物のハンバーグなどをあえて引っ張りだしてみても欲求が湧かなかった。それが異常ではないことを、体が察している。

——食べようと思えば食べられないわけでもなさそうだけど、べつに食べなくてもいい感じがする。たぶん、そういう体なんだ。

この世界では生き生きと動けるので実感が薄いが、今の自分は一応、死者だ。

そして猫人以外の……番人を始めとする猫又は、生殖とは無縁だと話していた。

食欲については言及していなかったが、欲望がないといっていたので、おそらく食欲もないのだろう。肉食である猫が食欲を持てば殺生《せっしょう》を繰り返すことになり、狩りへの欲求や縄張り争いからも逃れられなくなる。天国には相応しくない衝動だ。

――食欲に関しては猫人も猫又と同じで、まるでないってことなのかな？　驚くことが多過ぎて、お腹空かないくらいじゃ驚けないや。

好物をイメージしても腹の虫が鳴ることもなく、唾液《だえき》が増えることもない猫人の体で、由良は青い色に満ちた室内をうろうろと歩き回る。

勉強机の上に置かれている針時計の光が気になり、なんとなく手に取った。

ぽうっと光る時計の中には、剣の形をした瀟洒《しょうしゃ》な針がある。

――まだ九時ってことは……一時間も寝てないくらいかな。もう少し寝たかと思った。それにしてもこの時計、見たことない光り方してるけど、どこに光源があるんだろう？

不思議なのは光り方だけではなく、秒針が動いているのに音がしなかった。裏面や底を見ても、乾電池《かんでんち》を入れる場所が見つからない。動力源も光源もわからず、理解不能なことばかりだった。そもそも、人であって人でないように見えた番人は、実際には猫の姿で、衣服など身につけていないらしいので、ここで目にする物に関していちいち深く考えては駄目なんだな――と割り切った由良は、思考を停止させて眠ることにする。

早く騎士になるために、明日から始まる授業に備えるべきだと思った。

――どう考えても僕は不利なんだし……今はしっかり眠って頭と体を休めて、明日から人一倍集中して頑張らないと。時間を戻してもらえるとはいっても、やっぱり一日も早く貴洋を解放したい。昔よく遊んだ場所に僕を呼びだして、わざわざ彼女を連れて僕の前を通り過ぎたりしたのは……たぶん、僕が貴洋を見つめ過ぎていたせいだ。偽ラブレターの内容が本当だったら困ると思って、僕に対して「俺には彼女がいるから諦めろ」って、釘を刺すために仕方なくやったのかもしれない。

貴洋に対して友情以上の気持ちがなかった由良としては、誤解されたことも含めて甚く傷つく行為だったが、死んでしまった今となっては、大したことではないと思えた。

同性愛者だと噂されて囃し立てられるのは、いくら貴洋でも怖かっただろう。

貴洋は自分に対して少しばかり酷いことをしてきたが、そのことと溺死《できし》したことは一切関係がないのに、世間からイジメ自殺の首謀者《しゅぼうしゃ》として叩かれるのはあまりにも気の毒だ。

とにかく今は眠ろう――と腹を決めて上掛けを捲った由良は、まだ温《ぬく》いベッドに戻った途端に、妙な音に耳を打たれる。

どこかから、ギシィッと何かが壊れそうな音がして、そのあと続けてキシキシと、木が軋む小さな音が聞こえてきた。

誰かが廊下を歩いているのかと思ったが、しばらく待ってもやまない。

あえて耳を澄ました由良は、頭から生えている猫耳にも触れてみた。そこから音は聞こえないが、もしも聞こえたら今よりもうるさく感じて、番人がいっていた通り精神的に参ってしまうのだろう。

──あれ……なんか、左右の部屋から同時にギシギシ……木が軋む音が聞こえてくる。なんなんだろ？　猫の聴力も、使いたい時だけは使えるといいのにな。

そんなことを考えながら機能しない耳の毛繕《けづくろ》いをした由良は、これまでとは違う床の軋みに気づいた。今度の音は正体不明のものではなく、明らかに足音だ。

誰かが自分の部屋の前に立ったのがわかると、尻尾が動きだす。

ドアをノックされたので、緊張しながら「はい」と答えた。

真っ先に思い浮かんだのはイズミの顔だ。むしろ彼の顔しか想像できない。

マンツーマンで教えてくれる指導教官ということを抜きにしても、イズミなら「初日は緊張して眠れないかと思って」と、様子を見にきてくれる気がした。

他人に期待し過ぎると必要以上に凹む破目《はめ》になるのは貴洋の件でよくわかっているが、勝手に膨らむ気持ちが止められない。

施錠を解き、猫の顔の形の真鍮のドアノブを掴んでそうっとドアを開けると、べっこう飴に似た色のブロンドが目に飛び込んできた。訪問者はイズミではなく、ミケーレだ。

「こんばんは、誰だか確認せずに開けちゃ駄目だよ」

廊下が薄暗いせいで、こんがりと日焼けした肌が日中に見た時よりも浅黒く見える。右目はサファイアのように鮮やかなブルー、左目は黄金というオッドアイが印象的で、今もまた惹きつけられた。猫であればさほど驚かないが、概《おおむ》ね人間の姿をしている状態でこれほど左右の色が違うと、慣れるまで繰り返し驚いてしまいそうだ。

「ミケーレさん、こんばんは」

雄々《おお》しいのに他を圧倒させる華があり、スター性抜群《ばつぐん》の人だな……と感心しながらも、由良は彼のブロンドから突きだしている猫耳を見て、くすっと笑ってしまう。

ミケーレの猫耳は短毛種の白猫の物だが、やはり内側がピンク色で可愛らしいのだ。ガウンから覗く胸元は筋肉で盛り上がっていて逞《たくま》しく、薄っすら生えた胸毛が、金粉をまぶしたように輝いてアダルトな雰囲気を醸《かも》しだしているだけに、差が大きかった。

「突然ごめんな。まだ九時ちょいだけど、もしかしてもう寝てた？」

「いえ、少しだけ寝たんですけど目が覚めちゃって。起きてたから大丈夫です」

「そう？　それならちょっとお邪魔していい？　いきなり取って食ったりしないからさ」

「――取って食う？」

「食わない食わない。何しろここは天国だし、女神に等しい女王陛下が常に見ておられるからな。大事な猫人に酷いことしたら即追放されるんだ。追放といっても、地獄に落ちるわけじゃなく普通の天国に移されるだけだけど、俺達からしたら死罪同然だ」

「は、はぁ……あ、どうぞ」

由良は一歩引いてミケーレを招き入れると、部屋の主照明のスイッチを探した。ところが明かりを点ける前にミケーレに手首を掴まれ、「月明りで十分だよ」と、耳元で囁かれる。猫耳の方ではなくヒトの耳の方だったので、甘やかに響く声や、吐息の温度や湿度までダイレクトに感じられた。

――なんか、洋画の吹き替え版を観てるみたいだ。日本語を話してる顔じゃないのに、普通以上に完璧な発音の聞き取りやすい日本語で、しかもイケメン声っていうか、プロの声優さんみたいな声で……。

動揺する由良の肩を抱きながら、ミケーレは「ベッドに座ってもいい？　ソファーじゃなきゃ駄目？　それともテーブルにつけとかいう?」と立て続けに訊いてくる。

由良の常識では、テーブルを挟んで向かい合って話すのが適切に思えたが、ミケーレの発言からして、テーブルにつくよう勧められるのも、ソファーに座らせられるのも、彼にとっては喜ばしくないことらしい。

ここは失礼にならないよう先輩に合わせるべきだと思った由良は、しばし考えた末に、「どこでもどうぞ」と答えた。

それが正解だったのか、ミケーレは夜目にも白い歯を輝かせ、「ユラはいいねえ、友好的で可愛くて、純粋培養《じゅんすいばいよう》のピュアピュア美少年って感じだ」と笑う。

「び、び……美少年なんて、とんでもないです……っ、なんか……髪の色とか目の色とか変わってますけど、ほんとは凄い地味で、えっと、豆モヤシに似てるんです」

「えー、それは絶対ないって。確かにビューティーアップとかあるにはあるけど、サイズダウンしたりカラーチェンジしたりする程度で、それほど大きくは変わらないし、ほんと微々たるもんだから。やっぱ素材がよかったたんでしょ」

「いえ、ほんとに豆モヤシというか……エノキというか、マッチ棒……あ、それだと頭が小さくてスラッとしてるイメージですね。なんだろ、コケシみたいな感じです」

「いいねえ、謙遜《けんそん》の美徳ってよくわかんないけど、本気でいってるあたりが可愛い」

くすくすと笑ったミケーレは、ベッドの端に座って大胆に脚を組む。

暗くてよく見えなかったが、ガウンの中にちらりと現れた闇に目が行ってしまった。

性的に未熟で、同性の容姿に関して「カッコイイ」や「イケメン」くらいの賛辞しか使ったことがない由良にも、彼が女性にモテるセクシーな男性であることはよくわかる。

女性の色気は、興味がなくても否応《いやおう》なく目に入るグラビア写真などから判断できたが、男性のそれを理解してしまったことで、そわそわと落ち着かない気分になった。

剥きだしの脛《すね》から目を逸らし、自分から話題を振らなければと焦る。

「あ……あの、ミケーレさんは、イズミさんの先輩なんですよね？」

「そうそう、一つ先輩。俺が一年くらい頑張っても騎士になれなくて、でもまあ、わりと尊敬してた先輩が選ばれたんで、次でいいかーなんて思ってたらイズミが入校してきて、一回生のまま凄い早さで騎士に任命されたんだ。その頃にはもう、コイツには勝てんって俺を含めて誰もが思ってた状況だったから、特に驚きはなかったけど」

「イズミさんて……凄い人なんですね」

ミケーレは「超人的だったよ」と褒めつつ、「ユラも座れば?」といってくる。

どこに座るべきか迷った由良は、カフェテーブルの椅子を引いてベッドに向けた。

それを見るなりミケーレは目を瞬かせ、露骨に残念そうな顔をすると、ベッドマットを掌でポンポンと叩く。

ここに座ればいいのに——といいたいようだが、由良は気づかない振りをした。

「イズミさんがこの部屋を使ってた時も、よくこうして話したりしたんですか?」

「いや、イズミは初っ端《しょぱな》から俺を門前払い《もんぜんばら》いした。用事があるならラウンジでって、それはもうつれなくて。遊びに誘っても『俺にはそんな余裕ないので』って取りつく島がないし、感じ悪い奴だなぁなんて最初は思ったけど、実際にはイイ奴だった」

「——どんなところが、イイ奴なんですか?」

イズミの話を聞いているだけでドキドキと胸が高鳴り、由良はベッドの近くまで持っていった椅子に座る。潰されるのを自然と避けた猫の尾が、緊張もあって体の前側に回り、腿や膝に貼りついた。

「まず才能と覚悟の桁が違うっていうか、アイツの必死さは見てるこっちがしんどくなるレベルだったから、当たり前に尊敬したね。騎士になって叶えたい望みの強さが、たぶん俺達とは違ってたんだと思う」

「そんなに……」

「そのくせ、他人に勝とうとかいう概念はないんだよな。ただひたすら、自分のやるべきことだけを考えて頑張る奴だった。ここには猫を庇って死んだ奴しかいないから、善人が多いといえば多い。そんな中でもアイツは、人間にも優しくて」

「つれなくても、優しかったんですか？」

「うん、クリソベリル・キャッツアイには点数がつくような試験はないんだけど、実力の差は、鍛錬を通して目に見えてわかるんだ。他人なんか気にしないアイツも、俺が一番のライバルだってことはさすがに認識してたはずなのに、俺が跳躍鍛錬でヘマして怪我した時に、自分の手や服が血塗《ちまみ》れになるのも構わずに率先して手当してくれた」

「それって、応急処置とかですか？」

由良は座ったまま身を乗りだし、ミケーレが語るイズミの情報に食らいつく。

貴洋は個人病院の跡取り息子で、彼の両親と祖父は現役の医師だ。姉は私大の薬学部に入ったといっていた。イズミが貴洋の従兄や叔父だった場合、生前のイズミが、研修医や医大生だった可能性は十分に考えられる。

「応急処置というには高度な感じの処置だった気がする。猫人は生者じゃないから治癒《ちゆ》力《りょく》も高いんだけど、やっぱり怪我した時に優しくされると絆されるよな。俺のことをそういう意味で狙ってる連中だっている中で……アイツは俺に全然興味ないくせに、誰より手早く完璧にやってくれたんだ。あとは、他にも色々あったな。小競《こぜ》り合いとか無視とかさ、生徒間で何かトラブルがあると、新人の身でも遠慮なく止めに入ったりして」

「もしかしてイズミさん……身内に医療関係者がいるとか、医者になるはずだったとか、そんなこといってませんでしたか？」

「アイツ自分のこと何も喋らないから知らないけど、そうなのか？」

「いえ、すみません。イズミさんのことは何も知りません。ただ……僕の友人でそういう人がいて、応急処置の手際がよくて、包帯《ほうたい》の巻き方とかも上手で驚いたことがあるんで、もしかしたらイズミさんもそうかなって思っただけです」

思わずイズミの個人情報とも取れる発言をしてしまった由良は、自分の喉元《のどもと》を押さえて興奮を静める。根拠がないとはいえ、もし当たっていたら情報流出になり、生前の記憶の消去を願ったイズミにとって不本意な結果になるのは間違いなかった。

「今のは忘れてください」

「うん、忘れる忘れる。ここはさ、選ばれた善人のための天国ではあるんだけど、死因を自殺にされちゃって悔やんだり悩んだりしてる奴も多いし……何しろ自我が強く残ってるもんだから、祖国の歴史的な問題でどうしても好きになれない国の人間……っていうか、猫人とかもいるんだよな。差別意識は捨てる約束なんで口には出さないけど、心の中まで完全にクリーンなわけじゃない。生前に高い地位や身分を持ってた奴は、育ちのよくない奴を内心あまりよく思ってなかったりってこともある。そういうのを覚悟のうえで、どう思われても気にせず、オルカみたいに自分のことをあけすけに話すのはともかく、他人の話はタブーだ。もし知り合いがいても、個人情報は洩らしちゃいけない」

「はい、気をつけます……すみません、アドバイスしてもらってありがとうございます。年齢を免罪符にしちゃいけませんけど、まだ十六で……生きてる時からわからないことが多かったし、ここのことも全然わかってません。なので、空気読めてなかったら遠慮なく突っ込んでください。どうかよろしくお願いします」

「ユラは素直でいい子だねえ。俺は東洋人の顔が好きなんだけど、特に日本人に親しみを持ってるんだ。日本に行ったこともあるくらいだ。真面目で綺麗好きで、礼儀正しくて、さすがおもてなしの国の人だよな」

ミケーレは微笑みながらシーツに手を滑らせ、またしてもポンポンとマットを叩いた。

こっちにおいで——といわれているのがわかった由良は、躊躇いつつ立ち上がる。

一人分以上の隙間を空けて隣に座ると、腰を浮かせたミケーレが寄ってきた。

逃げては失礼な気がして戸惑ううちに、肩と肩が触れ合う位置に座られてしまう。

そのうえ手を握られ、もしやこれは特別な意味がある接触なのでは……と疑いを持ったところで、「俺と付き合わない？」と囁かれた。

薄暗い部屋の中、ベッドの上で手を握られて甘ったるく問われれば、いくら恋愛経験がなくても察しがつく。どこかに行くのに付き合うとか、何かするのに付き合うといった、同行の意味合いではないはずだ。

「あの……いきなり、なんでそんな」

同じ状況でも相手次第で捉え方が変わりそうだが、ミケーレはとてもセクシーな男で、これがフェロモンか……と納得させられるだけのものがある。

同性愛者の存在に抵抗はなく、ゲイであることを公言しているオネエ系タレントの姿をテレビで毎日見ているうちに、そういう人がいるのが当たり前で、驚いたりすることではないと思えるようにはなっていた。しかし自分とは無縁の存在だったのは確かだ。

「誰よりも先に、ユラと恋愛したいってことだよ。もちろん、ユラが一人に縛られるのは嫌だっていうなら別の付き合い方を考えるけど、ユラはそういうタイプには見えないし、俺としては一番に付き合いたい」

「どうして、そんな……今日、ついさっき会ったばかりですよ」

「好みのタイプの可愛い子がいれば、即ナンパするのが礼儀だろ？　とりあえずお試しでいいから、まずは俺とセックスしてみない？」

ミケーレの言葉に耳を疑った由良は、彼の手を振り解きたいのをこらえる。

自分の常識では考えられない嫌な台詞だったが、ここは死後の世界で、様々な価値観を持つ人達が集まっているのだから——自分の基準で短絡的に判断し、西洋人のミケーレを非常識だと決めつけてはならないと思った。

外見からして、ミケーレは死亡して成長が止まった時点で二十代前半くらいで、さらにそこから猫の王国に二年近くいるといっていた。つまり実質的には自分よりも十歳ばかり年上の大人であり、性的なことに対する考え方は違って当然だ。

「あの……すみません……手を、離してください。僕は、早く騎士になって願いを叶えてもらいたいので、恋愛とかは考えられないんです」

「俺はユラの好みじゃない？」

手を離してくれといっても離してもらえず、むしろ両手で握られる。

これと同じことを、街中や電車の中で見ず知らずの男にされたら震え上がりそうだが、由良は焦りながらもミケーレの顔をしっかりと見て、恐怖心を抑え込んだ。

この世界が、猫を助けるために命を投げだした人間だけが招かれる天国であることや、ミケーレの眼差しを信じることで、自分自身に冷静さを促す。セックスという言葉を出しつつも、彼は劣情《れつじょう》を滾《たぎ》らせてはいない。ミケーレが求めているのは彼の価値観に於ける恋愛であって、感情的になって拒まなくても、必ずわかってもらえると思った。

「ミケーレさんは、凄くカッコイイし、モテそうな人だなって思います。でも僕は同性に興味がないというか、そういうことに関して……堅いというか、なんていうか……試しにそういうことするとかは無理なので、ごめんなさい」

「そうか……部屋に入れてくれたからOKかと思ったよ」

由良が少しずつ手を引くと、ミケーレは残念そうに眉を寄せる。

一応のところ理解してくれたようだが、完全に手を離してはくれなかった。

そのうえガウンの裾からそろりと出した白い尻尾で、由良の腰を撫《な》で摩る仕草を見せ、

「キスも駄目?」と訊いてくる。

「駄目です。ミケーレさん……それ、絡めるのやめてください」

「大丈夫、無理やりなことはしないから安心して。俺はただユラと仲よくなりたいんだ。ほら……この部屋の右隣も左隣も、夜を愉しんでるのがわかるだろう?」

「あ、この音」

ミケーレが訪ねてきたことで隣の部屋の雑音が気にならなくなっていたが、今もやはりギシギシと、木が軋むような音がする。

――これ、ベッドの音だ……エッチ系の音だったんだ。

いまさらながら、由良はイズミの言葉を思いだす。男ばかりが隔離されているため、「ほとんどの候補生がお前と自由恋愛を愉しみたいと思っている」と、忠告されたのだ。

毎晩しっかり鍵をかけて寝るようにともいわれたのに、鍵をかけても訪問者をすんなり受け入れてしまっては意味がない。

「もしかして、この寮は風紀《ふうき》が乱れまくってるんですか？」

「風紀って……うーん、面白いことをいうね。まあそういってしまえばそうなんだけど、気持ちよければ誰でもいいなんて思ってる奴はそんなにいないよ。セックスは二の次で、やっぱり恋がしたいじゃない？」

「同意を求められても、僕にはわかりません」

まだ初日だからわからないだけで、これからわかるようになるんだろうか——と考えた由良は、イズミの姿を思い浮かべる。

このベッドで、彼もそういうことをしたのだろうか。

オルカのような美少年と、こうして並んで座って尻尾を絡ませながら、好きだとか付き合うだとか甘い話をして、キスをして、それから二人で裸になって、ベッドがギシギシと鳴るようなことをするのを想像すると——なんだかとても嫌な気分になった。

「ミケーレさん……イズミさんも、誰かと恋愛してたんですか？」

「え、ここでまたイズミの話？　うーん……それは個人情報なんで俺が答えていい話じゃないけど、たぶん好きな人はいたと思う。なんとなくそんな感じだった」

「——好きな人？」

鸚鵡返《おうむがえ》しにした途端、胸の中の嫌な感じが強まった。

イズミは恰好よくて優秀で、人柄がよく、新米とはいえ現役騎士として女性とも接触を持てる立場なのだから、モテて当然だと思っている。在学中は男ばかりの環境にいたとはいえ、彼ならきっと性別に関係なくモテただろうし、何があっても不思議ではない。

むしろ好きな人がきちんといて、真面目な恋愛をしているなら好感を持ってもいいはずなのに、何故かもやもやと気分が晴れなかった。

「もしかしてイズミに惚れた？」

「あ、いえ……そういう意味じゃなくて、なんていうか、その……イズミさんが真面目な人だったらいいなって思っただけです」

由良は答えるなりすぐに、ミケーレの尾を自分の尾でピシッと弾《はじ》いた。

さらに両手を使って、彼の体を押しながら距離を取る。

グローバルな観点で様々な価値観を受け入れなければと思っていたが、逆に考えれば、日本人が相手の時以上に是か非かハッキリさせて、無理なものは無理と拒んだ方がいいということだ。

曖昧に断ると、誤解を招いてあとあとトラブルに発展するかもしれない。

「すみません、僕はミケーレさんのことを恋愛対象にできないし、お隣が何をしていても僕は僕ですから、夜は静かに寝たいです。眠くなってきたんで、そろそろいいですか？」

自分としては過剰《かじょう》なくらい突《つ》っ撥《ぱ》ねた由良の隣で、ミケーレは肩を竦める。どうやらわかってくれたようだったが、「ちゃっちゃと恋人作った方が楽だよ。特定の相手が決まってないと次々と……」といって、白い尾の先をドアに向けた。

「ほら、早速誰か来た」

ミケーレのいう通り、足音が迫ってくる。程なくしてノックの音が響いた。

コンコンではなく、ドンッドンッと強めに叩かれる。

恋の誘いとは明らかに違う叩き方だ。

「ユラ、寝ていたらすまない。ミケーレが来てないか？」

聞こえてきたのはイズミの声で、由良は跳ねるようにベッドから離れる。

今は施錠していないため、「はい、どうぞ」とだけいえば済む話だったが、駆け寄って自分でドアを開けずにはいられなかった。

「イズミさんっ」

「ユラッ、大丈夫か？　ミケーレが来てるだろう！」

血相《けっそう》を変えて入ってきたイズミは、ベッドに座るミケーレを見るなりカッと目を剥く。

由良は、ミケーレが酷いことをするとは思っていなかったが、イズミの声を聞き、姿を目にした途端に安堵した。駆け寄っただけでは済まず、気づけばイズミの背後に回る形を取ってしまう。まるで救いを求めるような態勢だ。

「え、何？　俺が悪いの？」

「また強引に誘ったんじゃないのか？」

声を荒らげるのを辛うじて抑えているイズミは、ベッドに座るミケーレと対峙する。

今のイズミは青い騎士服を着ていてもマントまではつけておらず、黒豹を彷彿とさせる短毛種の黒猫の尾を露わにしていた。

それは後頭部に向けて真っ直ぐ立っているうえに、少しばかり膨らんでいる。

――イズミさん、気が立ってる。あ……でも、手に酒瓶？

頭から角ならぬ猫耳をぴんと立てて怒っているイズミを斜め後ろから見ていた由良は、彼の手に酒瓶らしき物が握られていることに気づく。

ベッドに座ったままのミケーレもそれに気づいて、くくっと笑いだした。

「なんだ、酒を小道具に俺の動向を探ったのか。豪華宿舎にお住まいの騎士様がわざわざ寮までやって来て、『一杯やろう』って俺の部屋を訪ねたんだな？」

「――っ、そういうわけじゃない」

「はいはい、わかりましたよ。お前がユラを気に入ってるなら譲りますって。俺はお前に借りがあるし、面と向かって口にするのは照れるけど、この世界に来て一番の友人だとも思ってる。どんな美形にも興味を示さず、女騎士とも会えるお前がユラを気に入ったっていうなら、身を引いて応援するさ」

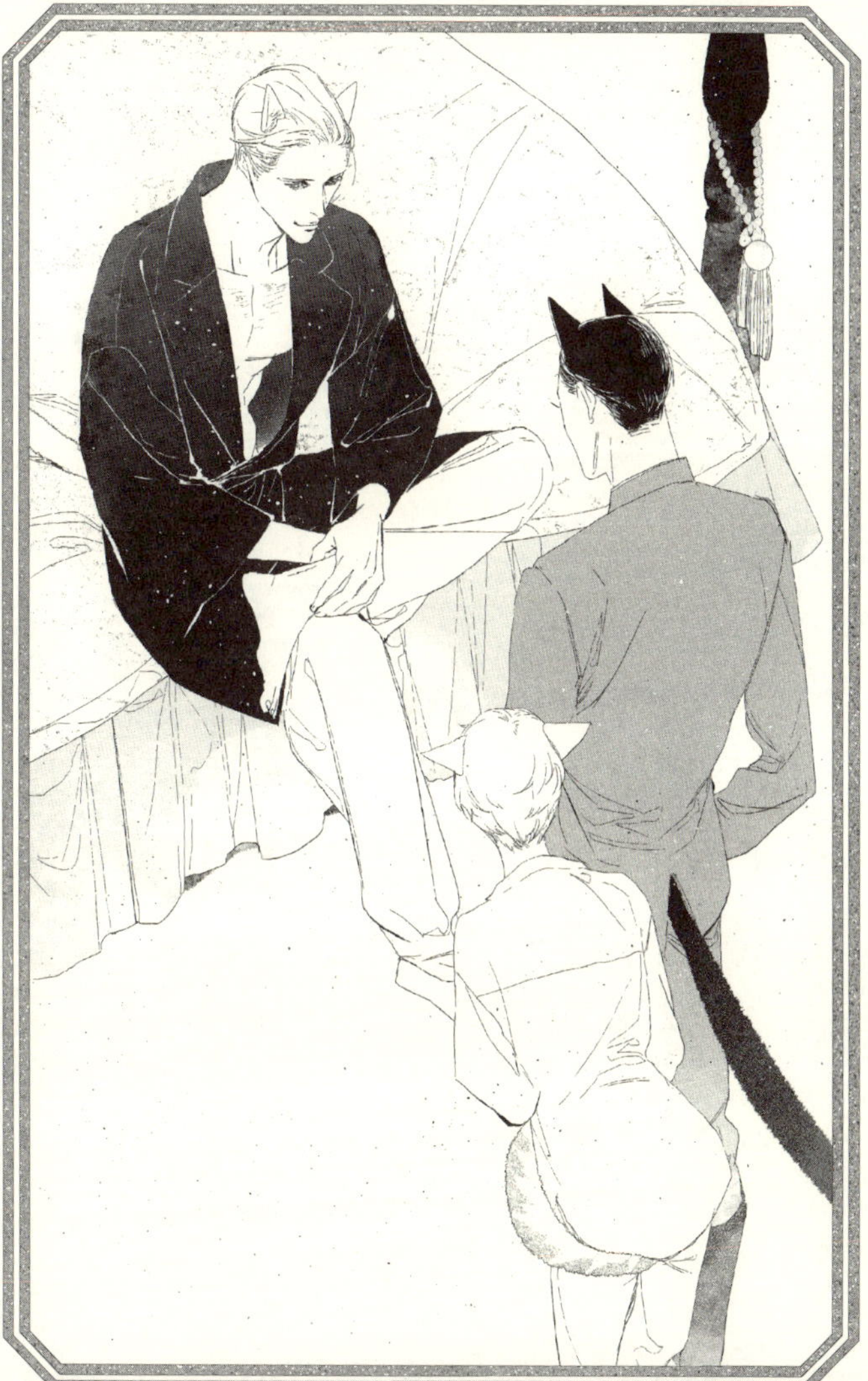

「そうやって勝手に色々……決めるな」

立ち上がったミケーレから視線を逸らしたイズミは、膨らませていた尾を下げる。

元々太いとはいえ先程までに比べると細くなった尾が、落ち着きなく揺れだした。

苛立っている時の動作に思えて心配になってくる一方で、由良は振り子のような動きに反応してしまい、手を出したくてたまらなくなる。意識を向けるべきはそこではないのに、左右に揺れる尻尾が気になって仕方がなかった。

「それで、その酒は何？」

「果実酒だ。教官としてクリソベリル・キャッツアイに戻ってきたからな、お前に祝ってもらおうと思った」

「なんか苦しい口実だなぁ」

イズミが酒瓶を差しだすと、ミケーレは腹を抱えて笑いだす。

そのうえイズミに近づき、由良が触れたかった彼の尻尾を猫手で引っ掻いた。

どうやら目の前でチラチラと動く物体に反応してしまうのは自分だけではないらしく、イズミがサッと尾を引くと、ミケーレは彼の背後に回って猫手を振りながら追いかける。

さらにイズミも逃げるので、大柄な男二人が同じ場所でぐるぐると回っていた。

「酒は要らないんだな、それなら俺は帰る。お前も部屋に戻れ」

「そうやって俺を追いだしたところで、隙を見て誰か来るぜ。ユラをキープしたいなら、御手《おて》つきの恋人だって宣言しちゃえよ。お前は基本的に寮にいないんだし、単にセックスパートナーになったっていうだけじゃ甘いぜ。いずれは番にしたいと思ってるとか、そのくらいのことといっておいた方がいい。そうでもしないと必ず誰かちょっかい出してくる。手が早いのは俺だけじゃないんだから」

「そんなことを気安くいうな。ユラが困るだろう」

すでに十分困っており、縁のなかったセックスという言葉に過剰反応していた由良は、日中にイズミの口から聞いた『番』という言葉について考える。なんでも質問して迷惑をかけたり呆れられたりしないよう、まずは自分の頭で考えてみると、なんとなくわかってきた。おそらく動物の番と同じで、正式なカップルを示しているのだろう。

イズミも、「結婚に相当する関係のカップル」といっていたはずだ。

一般的には学校を出てから女性の猫人と出会い、男女で番になるのだろうが——日中のイズミの発言とミケーレの今の口ぶりからして、男同士でも番になれるようだった。

「ユラ、俺やイズミのいってることがわけわかんなくて困ってるか？　猫人がいう番ってやつは、人間社会でいうところの婚約とか結婚とか、貞操《ていそう》義務が生じる関係のことだ」

「貞操義務……」

「ああ、番になる場合は番人を通して女王陛下に届けを出して、ペアリングを頂戴するんだけど、そうなったあとは浮気厳禁。他の猫人に手を出したら絶対に駄目なんだ。だけど番を持たずにセックスパートナーを作るのは自由で……恋人と称して同時に複数の相手と付き合っても構わない風潮がある。要するに番を決めるためのお試しって感じだな」

「お試しって……。付き合ってみないとわからないことがあるのはまだ理解できますけど、同時に複数の相手なんて」

「郷に入っては郷に従えっていうだろ？　そもそも騎士候補生は、騎士に任命されるか、諦めて卒業したあとに女騎士か市井《しせい》の女性猫人と付き合って番になろうって考えてる奴がほとんどなんだ。在学中の男同士での恋愛ごっこはお遊びと割り切ってて、学生のうちに番になる奴は滅多にいない……って、ほら誰か来たぜ」

ミケーレがそういって振り返ると、またしてもノックの音が響く。

一旦は動きが止まっていたイズミの尻尾が、再び激しく揺れだした。

「こんばんはー、最古参の美少年オルカでーす。ちょっといいかな？」

ドアの向こうから聞こえた声に、由良は「はいっ、どうぞ」と反射的に答える。

初日の夜に次々と訪問者が現れる状況に目が回りそうだったが、イズミが傍にいるのであまり怖がらずにいられた。

「オルカさん、こんばんは」

「夜這いしにきたんだけど、いい？」

「……は？　いえ、よくないです！」

　ドアを開けて、まずは長毛種の黒い猫耳を覗かせたオルカは「駄目なのー？」といいつつ室内に滑り込んでくる。黒髪によく合う猫らしいエメラルドグリーンの眼は、ミケーレとイズミの姿を捉えるなり変化した。瞳孔が開いて丸くなり、黒い部分が一気に増える。

「手の早いミケーレに先を越されるのは想定内だけど、まさかイズミ卿までいるなんて。騎士様になって出ていったはずの人が、学生寮で何やってんの？」

「ミケーレと一杯やろうと思って。夜這いとは聞き捨てならないな」

「えーべつにいいでしょ、僕だって男の子だもん。若くて可愛い子を見たら夜這いしたくなっちゃうのは当然だよ。僕の場合はユラにどっちも経験させてあげられるし、アンタ達より美味しいと思わない？」

「男の子じゃなくてオッサンだろ」

　ミケーレが呟くと、オルカは威嚇《いかく》するように「フーッ！」と顔を顰《しか》めて毛を逆立てる。怖い顔をして「お子様は黙ってな」と毒づいていたが、歪めた顔ですら可愛らしく、着ている寝間着も彼の魅力を引き立てていた。

　目の色と同じ緑色のシルクの寝間着で、黒いパイピングが施されており、室内履きまでお揃いの物を使っている。自分に似合う物をよくわかっているようだった。

「ユラ、まだ誰ともくっついてないいんだよね？」

「え、はい、全然です」

「いわゆるネコは騎士になりにくいもんだから、さっさと諦めてクリソベリル・キャッツアイを卒業しちゃう人が多いんだよね。そんなわけで、この寮にはタチのが多く残ってるわけ。ユラは僕みたいにモテると思うんだけど、体は一つしかないでしょ。奪い合われてトラブルの原因になると、仲間を王国から追放させる破目になって気分が悪いし、ユラもペナルティ食らっちゃう。女王陛下の心証が悪くなるんだよね」

オルカは表情豊かに語りながら、イズミやミケーレを押し退けて由良の正面に立つ。

細い人差し指を突き立てると、威《おど》すように自分の首の前で横一文字を切った。

その仕草は、追放を——つまりは完全な死を意味しているらしい。

「ここでいう追放って……普通の天国に移されて、自我とか記憶を消されて、本当に死ぬ感じになるってことですよね？　恋愛とかのトラブルで、よく起きるんですか？」

「頻繁《ひんぱん》にあるわけじゃないけど、時々あるよ。パートナーを山ほど持って、ほとんど毎晩セックスしてたって騎士として相応しければ任命されるけど、誰かを傷つけたらアウト。猫人は全員、この国の貴賓《きひん》だし、女王陛下にとっては宝物だからね。お遊びにもルールが必要ってこと。僕をパートナーにすれば、タチとネコのどっちの立場も愉しめて男として満たされるし、変な嫉妬も買わずに済むと思うけど……どう？　考えてみない？」

小柄で細い身で両手を広げ、左右に立つ長身の二人をさらに押し退けるオルカの姿に、ユラはゴクリと喉を鳴らす。

小悪魔的な色香《いろか》に惹きつけられたわけではなかったが、ミケーレとは別の意味で、彼もまた非常にセクシーな猫人だと思った。

これまで見たことがない未知の生物を、興味深く凝視してしまう。

可愛らしいだけではなく、これが色香というものなのだと、しみじみ感じた。

「ユラ、まさかオルカみたいな尻軽ネコが好みなのか？　オルカは誰かれ構わずセックスパートナーにして、ゲイなのにいつまでも番を決めずに二十年も遊びっ放しだ。真面目なユラにはまったく合わないから、やめといた方がいいと思うぜ」

「ちょっとミケーレ、ここでは他人の悪口とか禁止なんだけど！」

「周知の事実を本人の前で述べる分には問題ないだろ」

「ありありだよ！　僕は尻軽なんじゃなくて、運命の相手を求める永遠の探究者なの！」

「永遠のっていってる時点で諦めてんだろ」

鼻で笑うミケーレを余所に、オルカはユラの前に進みでてアップで迫る。

可愛い顔だが、やはり中身が最古参のせいなのか――一種独特な迫力を持っていた。

立ち竦んだまま動けなかった由良は、細い十指で両手をぎゅっと包み込まれてしまう。

「ユラ、聞いて。ミケーレが来た時もイズミ卿が来た時も、今度こそ絶対に運命の番だと思ったんだけど……残念ながら違ったの。だからもしかしたら、まるでタイプが違うユラみたいなネコ系の子がアタリなんじゃないかって思えてきて。だってほら、自分の好きな色と似合う色が全然違うことってあるじゃない？　僕、緑色が凄く似合うんだけど、実はあんまり好きじゃないんだよね。ユラは僕にとっての緑色かなって思ったの」

ナチュラルに失礼なことを——と思いつつも笑って誤魔化したユラは、横から割り込む黒い影に視線を上げる。

この場で一人だけ、きちんと騎士服を着ているイズミがオルカを睨み下ろし、その手に触れるなり由良から引き剥がした。いつの間にやら果実酒の瓶をミケーレに渡していて、両手を使ってオルカの手を一纏めにする。

「なんなの、邪魔しないで」

「オルカ、ユラも貴方の相手じゃない」

「はあ？　なんでそういい切れるわけ？」

「強いていうなら、赤い糸が見えないからだ」

「赤い糸？　何それ、わけわかんないんですけど。見たことあるの？」

「見たことはない。でも感じることはある。三ヵ月前に番になったルイスとレオナルドの間には、そういうものが見えた気がした。学校の外でも、つい先日番になった男女の騎士カップルがいて、やはり赤い糸が見えた気がした」

「気がした気がしたっていわれても説得力ないよ！」

「赤い糸の話は冗談として……」

「はあぁ!?　そんな真顔で冗談いわないでよ！」

「ユラは一週間前に亡くなって、今日この国に来たばかりだ。年も若くて経験していないことも多い。だからあまり困らせないでくれ」

「むーん、なあにぃ、お堅くて他人に興味なさげなイズミ卿が肩入れしてんの？」

「ユラは俺が騎士になって初めて教える候補生だ。絶望せずに、猫の王国のこともクリソベリル・キャッツアイのことも好きになってもらいたいし、死を受け入れたばかりの今、恋愛で傷ついてほしくない。訪問者を部屋に入れないよう指導するので、外してくれ」

イズミはオルカの手を掴んだままドアの方へと連れていき、さらにミケーレにも視線を送って退出を促す。またねとウインクしつつ去るミケーレはともかく、オルカは納得していない様子だったが、「他の誘いを断ったのにぃ」と文句をいいながらも出ていった。

三人の中で猫人生活が最も短いのはイズミだが、騎士であるイズミと候補生の二人では立場が違うのだろう。

友人同士や、先輩と後輩としてほとんど対等に話していても、イズミが本気で命じたり頼んだりしたことには、従わねばならない空気があるようだった。

「ユラ、鍵をかけて寝ろっていっただろ？　ちゃんとかけたって、すぐにドアを開けたらなんの意味もないんだ。そこまで説明しなきゃわからなかったか？」

「すみません、わかったつもりで……わかってませんでした」

「悪意はなくても愛はある連中だと説明したはずだ。それも性愛の愛だとも話したよな？曖昧な態度を取らずに断らなかったら流されるぞ。狙われる対象だってことを自覚して、もっとガードを堅くしろ」

　扉が閉まるなり叱られた由良は、イズミの強張った表情を見て萎縮する。

　大きな声を出したりはしないものの、明らかに怒っていた。猫耳も尾も立っている。

「はい……でもなんだか実感がなくて。生きてる時は女の子が相手でさえそういうことに縁がなかったんです。だから同性に警戒とかしたことなくて……あの、ここでは男同士の恋愛とか、そんなに盛んなんですか？」

　言い訳などせずに「以後気をつけます」とだけいった方がよいのかと思いつつも、由良は自分の驚きと、感覚の違いを説明せずにはいられなかった。

　その流れで、もはや訊くまでもないことを訊くと、顔ごと目を逸らされてしまう。

　横顔が貴洋に似ていたが、イズミは先程まで酒瓶を手にしていた。

　当然ながら十六歳の貴洋は酒など口にせず、身長も体つきも年齢も何もかも違うのに、ふとした瞬間に同一人物のように思えて、つらいような嬉しいような気持ちになる。

「ユラ、俺達はすでに死亡しているが、この通り自我があって、肉体も欲望も持ってる。食に関する本能や生殖能力は取り除かれていて、女性猫人と番になったところで、夫婦の間に子供ができることはない。たとえ騎士になった褒美として我が子を欲しても、それは叶わないといわれている。死者から新たな命が誕生することはあり得ないからだ。でも、元々が人間である猫人には、生殖とは関係のない性欲がある。そこが猫又と違うんだ」

「は……はい」

「むしろ、食欲がないせいでかえって性欲が強くなったり、愉しみとしての恋愛や、酒に逃げたりしがちだ。娯楽が少ないうえに老いることがないため恋愛とセックスを何よりの愉しみと考える者も多く、子孫を残す必要がない死者であるという解放感から、同性愛に走りやすい。特に在学中は周囲に男しかいないので、その傾向は一層強くなる」

「同性愛に……走りやすい、んですか」

イズミの話を聞きながら、由良は今夜の特殊な状況を概ね理解した。

性別を問わず、通常なら持て囃されるはずのない自分が、突然のモテ期に見舞われて、魅力的な青年や美少年に迫られたのは間違いなく環境のせいだ。

新顔なら誰でもよかった話なのだと思うと、ようやく腑に落ちる。

「僕は同性愛には興味がないんですけど……それでもやっぱり、この国にいると皆さんと同じように、いつかは同性愛に走るものなんでしょうか？」

由良は率直な疑問を口にしながら、イズミはどうなのだろうかと考えた。

ミケーレはイズミの入校初日にあっさり振られ、その後は友人になったようだったが、それは二人とも体格がよくて、どちらも男役タイプだからという気がしないでもない。

この寮にいた頃に誰かを真面目に好きになって、大人の関係を持っていたり、その人と今も付き合っていたり、別れて学校外の異性もしくは同性の恋人と交際していたとしても不思議はないと思った。頭の中で、ゲームに登場する女騎士や、オルカのような美少年をイメージしてイズミの隣に並べると、どちらでも絵になってしっくりくる。

「同性愛に走るか否かは個人差がある。大事なのは、本物かどうか見極めることだ」

「本物か、どうか？」

話しながらも微妙に視線をずらしていたイズミが、小さく頷いた。

おもむろに目を合わせ、言葉を選ぶ様子を見せる。

「独り寝が淋しくなっても、娯楽としての恋愛やセックスに手を出すのは、やめておけ。お前のことを詳しく知ってるわけじゃないが、不真面目なのは似合わない気がする」

「イズミさん……ありがとうございます。そういってもらえると、嬉しいです」

「――本気なら、誰と付き合おうと反対しない」

黄緑色の瞳に囚われながら、由良は固まったように立ち尽くす。

ふわりと高く持ち上げられた心を、いきなり床に叩きつけられた気分だった。

おかしなことも意地悪なこともいわれていないはずなのに、嬉しい言葉のあとに何故か酷く突き放された気がして、「はい」という一言が出てこなかった。

6

入校二日目――明け方近くまで眠れずに起きていた由良は、セットした目覚まし時計の音で目を覚ます。またしても、自宅ではないことや、天蓋つきのベッドに寝ていることに驚かされたが、一度目より二度目の方が速やかに状況を把握できた。しばらくは目覚めるたびに驚いて現実を噛み締めるのかもしれないが、そう遠くないうちに慣れそうだ。

――顔を洗って、着替えないと……。

寝惚《ねぼ》けつつも、脱衣所を兼ねた洗面室に向かう。

覚悟せずに鏡を見るとぎょっとするが、これもそのうち慣れるだろう。

茶トラの猫耳が生えている頭は、髪の色が変わったせいで明るく軽やかになり、髪質も以前より猫っ毛になっていた。おかげで寝癖《ねぐせ》がついてボサボサだ。

イズミやミケーレ、オルカの髪は猫っ毛ではなかったので、彼らが助けたのは成猫で、そのため髪質の変化がなかったのではと考えられた。由良が助けたのは仔猫だったため、こんなにも猫っぽいフワフワの和毛《にこげ》になったのだろう。

――丁寧に梳《と》かさないと千切れて痛そうだな。あ、後頭部が鳥の巣になってる。本物の猫ならこんなに絡まないよね!?

ニギャァっと呻きながら鏡を睨むと、アンバー系の虹彩を狭める勢いで瞳孔が開く。

顔立ちはそのままだが、やはりハーフのように見えて、確かにビューティーアップしているなと、実感するたびに恥ずかしかった。

部活を辞めてから筋肉が落ちて体脂肪率が上がっていたにもかかわらず、今はフェイスラインも体つきも少し引き締まっている。

――こういう見た目になったのと、男だけの環境ってこともあってのモテ期、みたいな感じだし……調子に乗らないようにしないと。僕が目新しい存在で、小柄で……男同士でその手のこととかする場合に、女役に回りそうな見た目だから口説かれただけだ。本当に好かれてるわけじゃないんだから、悩むだけ馬鹿らしい。僕は絶対に流されずになるべく早く騎士になって望みを叶えてもらわないと。僕がこうしてる間も、貴洋は責任を感じて苦しんでいたり、誰かに責められていたり、つらい目に遭ってるんだ。母さんや父さん、紗良も……それに、おばあちゃん達だって悲しんでるだろうし……。

髪を梳かして顔を洗った由良は、両手でパンッと頬を叩く。

気合を入れてから部屋に戻り、黒い制服に袖を通した。

授業は午前十時からで、それまでに校舎の座学教室に行くことになっている。

朝食の時間が設定されていないことを頭ではおかしいと感じていたが、やはり空腹感はなく、水を飲みたい欲求だけはあった。

「やあ、おはよう仔猫ちゃん」

喉を潤《うるお》してから部屋の外に出ると、背の高い候補生に声をかけられた。

ロシアンブルーの物と思われる、青みを帯びたグレーの猫耳を生やした青年だ。

見た目の年齢は二十代前半くらい。東洋人で、髪はアッシュブラウン。軍人さながらに短く刈り込まれていたが、端整な顔立ちに合っていて、恰好よく決まっている。モデルやダンサーを彷彿とさせるビジュアルだった。

襟元の猫目校章には、八回生を示す『8』の字が見える。

推定四年から六年くらい先輩ということだろう。

「おはようございます」

「昨夜はちゃんと眠れたかい？」

「あ……はい。緊張してなかなか寝つけなかったんですが、朝が遅いので助かりました。初日にしてはしっかり眠れたと思います」

「それはよかった。ここは外回廊で学校と直結してるし、授業も十時始まりだからほんと楽だよね。毎朝通勤ラッシュで揉みくちゃになってた頃が懐かしいよ」

彼の発言から、由良は彼が日本人で、意外にもサラリーマンだったのだと推測した。

通勤ラッシュで揉みくちゃになるアジアの国は他にもあるのだろうが、詳しく知らないため日本のイメージになる。

「朝食の支度や食べる時間も要らないし、起きてすぐに出かけられるのもいいですね」

生前も徒歩通学だった由良は、鮨詰《すしづ》めの電車を想像しながら話を合わせた。

同郷かもしれないというだけで親近感を覚え、彼の名前を思いだしたくなる。

部屋に置いてきた騎士候補生名簿の中身を、頭に叩き込めなかったことを後悔した。

「僕の名前は憶えてくれてるかな？」

「すみません……昨日、教室でお話ししたのは憶えてるんですけど、僕の記憶力の問題というか、凄く緊張してたので……ごめんなさい」

本人から自己紹介を受けて握手を交わしたうえに、名簿を手にしていたにもかかわらず記憶できていないことに、由良は酷くばつの悪い思いをする。

人の顔と名前は、なるべく一度で憶えるのが礼儀だと思っているが、印象深いイズミやオルカ、ミケーレの情報は頭に入っているものの、他の四十一名については半分程度しか記憶できていなかった。名簿を見ながらも目が滑っていたらしい。

「失礼なことですよね、本当にすみません」

「気にしなくていいよ。自分が死亡したって事実にも、この世界にも身体変化にも戸惑うわけだし、そうでなくても四十三名もいたら大変なのはわかるから。でも……僕のことは早く憶えてほしいな。君の特別になりたいと思ってるんだ」

「……あ、はい、どうも」

「君は可愛いね。純朴で……磨けば光る原石って感じだ。オルカみたいに出来上がってる美少年は、遊ぶにはいいけど本命にはなり得ないんだよね。ちゃんと付き合うなら手垢のついてない真面目な子がいい。少しお堅いくらいが理想的だ」

ロシアンブルーの彼は、そういうなり手を握ってくる。

「んー、赤ちゃんみたいな肌だね。爪の形まで可愛い」

「そ、そうですかね……」

白い歯が光りそうな笑顔は清涼飲料水や歯磨き粉のCMのように爽やかだったが、急に指を絡められて迫られると、一度は持ったはずの親近感がするすると消えていった。

好感度も一気に下がってしまい、彼の中で愛しく思えるのは、ブルーグレーの愛らしい猫耳と尻尾だけになる。

「あの、すみません……そろそろ学校の方に行こうかと……手、いいですか？」

由良は自分から積極的に人付き合いする方ではなく、どちらかといえばシャイなので、初対面に近い彼の馴れ馴れしさに抵抗があった。

積極的で当然というイメージがある推定イタリア人のミケーレや、小柄なうえに性別を超越するオルカの誘いは、挨拶や冗談も混じっていたように感じられてさほど嫌な印象を持たずに済んだのだが――ロシアンブルーの彼からは、軽く受け流せないほど明確な目的意識を感じてしまう。一言でいうなら、正真正銘《しょうしんしょうめい》の下心だ。

「そんなに警戒しないで、指が強張ってるよ。僕の名前はシェリー、改めてよろしく」

「はい……こちらこそ、よろしくお願いします。シェリーさんは東洋人に見えますけど、シェリーさんなんですね」

「番人が好きな名前でいいっていうから、可愛がってた猫の名前を使うことにしたんだ。生前……性質の悪い強盗に押し入られてね。出産したばかりで動けないシェリーが殺されそうになったんで庇ったら、金属バッドで殴り殺された。さっさと逃げていれば死なずに済んだことと……飼い猫を守り抜いたことが評価されて、猫の王国に迎えられたんだ」

「――っ、それは……なんていったらいいか」

「なかなか酷い話だろ。何年も前のことだけどトラウマになってて、今でも襲われた時の恐怖を思いだす。だから独り寝が苦手なんだ。よかったら仲よくしてくれる？」

ヒトとしての耳元に唇を寄せられ、由良は硬直する。

こんな話を聞いてつれなくするわけにはいかなかったが、手を離してほしかった。

顔も近づき過ぎている気がして、一歩でも二歩でも後ろに引きたくて仕方がないのに、腰に尻尾を絡められ、ぐぐぐっと引き寄せられる。

「今夜、君の部屋に行ってもいい？」

「え、いえ……それはちょっと」

「じゃあ僕の部屋にくる？」

「ユラ！　約束通り俺と登校しよう！」

シェリーの誘いをどうにか断ろうとしていると、ミケーレの声が聞こえてくる。

ドアがずらりと並んだ廊下の隅々まで轟くほど、大きく太い声だった。

「ミケーレさんっ」

由良の部屋より十室以上も先の部屋から、ミケーレが白い尾を立てて歩いてくる。

猫の耳や尻尾があっても、ドタドタと鳴る足音はしっかり出ていて、それなりに重たい人間の男の歩き方だった。

「ユラ、おはよう！」

「はいっ、おはようございます！」

「はーい、離れて離れてー。シェリー、せっかく口説いてるところ悪いけど、ユラは俺と昨夜すこーしだけ進展してね。俺としては真剣に交際したいと思ってるんだ。イズミ卿もユラを気に入ってるようだし、いまさら入り込む余地はないと思うぜ。つらいトラウマは他の子で解消してくれ」

ミケーレはシェリーの腕を掴んで由良から引き離すと、由良の肩を抱き寄せる。

大きな声を上げたせいか、ドアが次々と開いて「どうした？」「何かあった？」と、着替え途中の候補生達が顔を覗かせた。中には子供の候補生も数人いて、ミケーレは「なんでもないから大丈夫。あとで教室で会おうな」とウインクつきで声をかける。

人によっては痛々しいことになりそうだが、ミケーレがやると素晴らしく似合っていて、チャーミングという言葉がぴったりに見えた。

――なんだろう、ミケーレさんの手は……嫌じゃないや。

こうして注目を浴びることが由良には酷く恥ずかしかったが、ミケーレの言動は安全なもののように感じて、ほっとしている面もある。

シェリーとミケーレの馴れ馴れしさに対する自分の感じ方の違いを、最初は人種によるイメージの差もあると思っていた由良は、その考えを改めた。

説明がつかない直感的な部分で、ミケーレの手が肩や腕に触れているのは嫌ではなく、シェリーの手は、最初に触れた瞬間から嫌だと感じた。生前もこういったセンサーを持ち合わせていたのかどうか自分でもわからなかったが、ミケーレの胸に抱き寄せられている今、大船に乗ったような安心感を覚えているのは事実だ。

「ミケーレ、俺は一応先輩だぞ。そんな露骨に邪魔しなくたっていいだろ」

「何回生であっても候補生は平等で、上下はつけない規則だし、そもそも恋愛に先輩だの後輩だのは関係ない。ユラに気があるなら昨夜のうちに口説くべきだろ。ずーっと部屋に籠もって何やってたんだよ」

ミケーレはそういいながら由良の耳元に顔を寄せ、「コイツの部屋はユラの右隣な」と、意味深に囁く。

――右隣？　シェリーさんは……僕の隣の部屋だったんだ。

ミケーレが何をいいたいのかすぐに察することができなかった由良は、至近距離に迫るミケーレのオッドアイを見つめながら、はっと昨夜の出来事を思いだした。

ギシギシと、ベッドがうるさく軋んでいたのだ。

左右どちらの部屋も同じで、悩ましい喘《あえ》ぎ声が聞こえてくることもあった。

「不本意って顔してるけど、出遅れてチャンスを逸したのは日頃の行いが悪いからだぜ。ユラは俺の恋人候補なんで、ちょっかい出さないでくれよな」

不満げな顔をしているシェリーを余所に、ミケーレは由良の肩を抱いたまま歩きだす。

扉を開けて覗き見ていた候補生達が、「さすがミケーレ」と口笛を吹いた。

さらに、「新カップル誕生おめでとう」「お似合いだな」「番を目指して頑張れよ！」とまでいわれた由良は、自分の置かれた状況に戸惑う。

生前の学校での偽ラブレター事件を思いだしたが、あの時とは違って悪意はなく、一見茶化しているようでも、根底には祝福があるのが感じ取れた。

それだけに、ミケーレと進展があったという発言を否定したり、彼の手を振り解いたりするのも難しく――節操《せっそう》のない遊び人から助けてもらった流れのまま、由良はミケーレと寄り添い合う恰好で階段を下りる。

「あの、ありがとうございました。助けてもらった……んですよね？」

人目がなくなってから体を離したい素振りを見せると、ミケーレは残念そうに眉を寄せながらも応じてくれる。きちんと意思の疎通ができて、こちらが嫌がれば引いてくれる人だと信じられるあたりが、シェリーとは違っていた。

「ユラがビシッと拒まないから放っておけなくて。シェリーは初物好きだしモテるんで、昨夜のうちにユラの部屋に行くに違いないって思った誰かが先回りしたんだろうな」

「誰かって、恋人……ですよね？」

「うーん、本人は恋人だと思ってるかもしれないけど、シェリーから見たらセフレかな。シェリーにはそういう相手がたくさんいて、そのうちの何人かは本気で恋人になりたいと思ってるだろうし、行く行くは番になりたいと思ってる子もいるかもしれない。だから、シェリーをユラに奪られるのが怖いんだよ。……とはいってもユラに意地悪なんかしようものなら王国から追放されちゃうから、先回りしてシェリーを足止めするしかないわけ。ここでは他人の足を引っ張れないんで、より頑張るか、先手を打つしかないんだ」

「正攻法《せいこうほう》というか……本来あるべき形なんですね。僕は、その人に感謝しないと」

「もしもシェリーが俺より先に部屋に来てたら、ヤバかった？」

「はい。シェリーさんのこと、引っ掻いたり咬《か》んだりしちゃったかもしれません」

由良の言葉に、ミケーレは声を出して笑う。

何がおかしいのか由良にはわからなかったが、彼は階段を下り切っても笑っていた。

寮から中庭を囲む回廊に続く扉を開けると、「俺には抵抗しなかったのにシェリーには抵抗するんだ？」と、秋波《しゅうは》を送ってくる。

「え、抵抗したつもりですけど！」

「いやいや、俺は脈ありと見たね。期待せずにはいられないかも」

由良はすぐさま、「いえ、違うんでっ」と否定したが、大きな手で頭を撫でられると息を呑んでしまった。

オッドアイのハンサムな西洋人に迫られたせいもあるが、頭の形を手でなぞり、和毛のような髪を梳いた流れで、猫耳の生え際を揉まれたせいもある。

それがなんとも気持ちがよくて、これまで知らなかった種の震えを知った。

「昨日さ、お試しとかいって悪かったよ。あれは完全に失敗だった」

「ぁ、ミケーレ……さん？」

快感すら覚える愛撫《あいぶ》を受けながら、青と金の瞳で見つめられて甘ったるく囁かれるのは、酒に酔う感覚だった。経験はないが、おそらくこういう感じだと思える。

白亜の回廊には朝の風が抜け、清浄な光が射し込んでいた。

日を浴びた体は朝を実感しているのに、列柱《れっちゅう》の陰に立つミケーレが強引に夜の空気を呼び寄せる。雄々しさとセクシーさを太陽の下でも見せつけてくる彼に耳を揉まれ続けた由良は、精神的にもぞくぞくとさせられた。

――こういう状態で口説かれ続けたら、本気で好きになっちゃうのもわかる気がする。なんかこう、受け入れたら楽なんだろうなって思えてきた。僕が想像する以上に楽しくて気持ちいい世界が、あるのかもしれない。

由良はミケーレが寄せてくる夜の空気を払うべく、静かに深呼吸する。

本能的には続けてほしい愛撫を中断させる判断を下し、猫耳でピシッピシッと彼の指を弾いた。拒絶の意思を伝えるため、上目遣いの視線にも思い切り力を入れる。

「助けてくれたのは感謝してるしミケーレさんのこと凄くカッコイイとも思いますけど、僕は騎士を目指して一心不乱《いっしんふらん》に頑張りたいので、こういう触り方とか、ナンパっぽいことというのはやめてほしいです」

「ナンパ……うん、ナンパだったたな。何度もいうけど、あれは完全な失敗だった。心から反省してるよ。ユラが軽いタイプじゃないのは一目見てわかったから、エッチして本気にさせたあとで別れることになったら傷つけちゃうと思ったんだ。そうなると可哀相だし、俺としても女王陛下の心証が悪くなって困る。だから『お試し』って最初にいっておいて、本気にならないよう予防線を張ったわけ。本音でいえば、いい関係になって末永《すえなが》く上手くいって、最終的には番になれたらいいなって思ってたんだよ」

「はあ……僕のことも気遣ってくれたんですね。ありがとうございます」

「気遣ったけど失敗だった。先手を打たなきゃ誰かに奪われちゃうとはいえ、ユラのことろくに知らないうちから攻め込んで、常套句《じょうとうく》を並べて自爆した感じだ」

「――あ……そういえば母がいっていました。誰かを本気で口説く時は、その人のことをよーく知ってからにしないと駄目だって。同じことをいっても人によって反応が違うし、地雷《じらい》を踏まないよう気をつけつつ相手の欲しい言葉を見つけださないと成功しないって。これは母の仕事の話ですけど、なんだか似てますね」

「ビジネスも人と人だからな、基本的には一緒かも。けど……恋はビジネスよりも計算が通用しなくて、歯止めが利かないものじゃない？　利益があるかどうかなんて関係なく、馬鹿みたいに一直線。危険な恋でも止められなかったりして」

回廊を歩きながらミケーレの言葉に耳を傾けた由良は、貴洋の顔を思い浮かべる。

恋ではなく友情だったけれど、馬鹿みたいに一直線に、脇目も振らず彼を求めた。

以前のように一緒に過ごしたくて、声をかけてほしくて――自分には貴洋の友人であり続けるほどの価値がないとわかっていても、諦め切れなかった。

疎遠になってから約一年、未練がましく視線を送り続けたことが引き金になり、偽ラブレターの悪戯に発展したのだ。

そして教室中に響く大声で恋愛感情を否定した結果、貴洋を巻き込んでしまった。

――友達ですらないって拒否されて、挙げ句の果てに、彼女がいるから俺のことは早く諦めろって……引導を渡されて、結局その仕返しみたいなことになってしまった。そんなつもりはなかったけど、僕が貴洋のスマホにメッセージを送ったあとに溺死したせいで、貴洋の人生はメチャクチャに……。

レモングラスと薔薇の香りが漂う中庭に目を向けながら、由良は沈黙のまま足を進め、密かに近づいてくるミケーレの尻尾に抗う。彼の物に比べると細い茶トラの尻尾で、白い尾をビシッと突っ撥ね、改めて彼を睨み上げた。

「僕は、恋愛とかしていい立場じゃないんです」

「う、うん……まあ、あっちの世界に色々と心残りもあるだろうし、わかるけど、それとこれとは別って気もするんだけどな。だってほら、生者の世界でも仕事と恋愛は別だろ？　仕事優先で生きてたら恋愛できないし、そうなると結婚もできない」

「仕事というか、騎士候補生は学生ですよね？」

「まあそうなんだけど、恋愛は生きる糧だよ」

「――わかりません……僕まだ子供なんで」

恋愛なんて、騎士になって望みを叶えてからするものだと思います――と、新参《しんざん》の身で反論するわけにもいかなかった由良は、子供だと主張してひとまず逃げる。

ミケーレの尾がいつ寄ってきても払えるよう、尾の先まで神経を行き渡らせた。

そうして歩き続けると、回廊の先に人影が見えてくる。

微《かす》かに足音も聞こえた。由良が履いている靴よりも、重厚感のある音だ。

曲線に沿って配された列柱が邪魔だったが、白いマントをつけた人物だとわかる。

「イズミさん！」

騎士服姿のイズミだとわかった途端に、歓喜の声を上げてしまった。

まだ距離があるにもかかわらず、イズミは由良の声に反応する。

彼の視線を受けたことで、昨日の出来事を思いだした。

『本気なら、誰と付き合おうと反対しない』

指導教官の発言として、何もおかしくはないイズミの言葉に、なんとなく突き放されたような印象を受け、心がもやもやとして明け方まで眠れなかったのに……何もかも忘れて喜んだ自分が恥ずかしい。

これではまるで、一晩立てば何もかも忘れてケロリと御機嫌《ごきげん》になる子供のようだ。

「あーあ、そんな露骨に大喜びしちゃって。駆け引きとか苦手そう」

ミケーレのいう通り喜び過ぎた自覚があった由良に、イズミが近づいてくる。由良も歩いていたので、お互いに歩み寄る形になって距離が詰まった。

イズミが目の前に来ると、母親がよく口にしていた、「素敵」という言葉が浮かぶ。

由良が使い慣れている「カッコイイ」や、聞き飽きている「イケメン」などではとても表現できないせいだ。朝の光と風の中で見るイズミは、貴洋に似いてるところも、そうでないところも含めて、由良の心を掴んで離さなかった。

「イズミさん、おはようございます」

「おはよう。道に迷わないよう迎えにきたんだが、その必要はなかったようだな」

イズミはミケーレに目をやると、微かに眉を顰める。

無表情に近いものではあったが、訝しげな顔つきに見えた。

「イズミ卿、おはよう。これまた苦しい言い訳だなぁ」

ミケーレは腹を抱えんばかりに笑い、「回廊は中庭を囲んで左右に一本ずつで、寮から学校に繋がってるだけ。校舎の入り口は一つしかないうえに、座学教室は一部屋しかない。これで道に迷えたら驚異的《きょういてき》な方向音痴《おんち》だぜ」といいながらイズミの横を通り過ぎる。

「悪い虫がつかないよう、教室まで送ってやれよ」

「誰か寄ってきたのか？」

「払っておいたから大丈夫。とりあえず先に行ってる。今日は自習か読書だけど、早めに登校して真面目にやってるとこアピールしないとな。三回生は崖《がけ》っぷちだし」

足を止めていた由良は、「苦しい言い訳」と指摘されたイズミの表情が、気まずいものに変わる様を見届ける。この表情はつまり、図星を指されたということなのだろう。

そう考えると、イズミの気遣いが嬉しくてたまらなくなった。

「心配してくれたんですよね？　ありがとうございます」

「指導教官だし、登校初日だから……一応な」

「はい」

先に向かったミケーレの背中が遠くなってから、由良はイズミと歩きだす。

自分でも単純だと思ったが、イズミと一緒にいるだけで安心できて、何も話さなくても並んで歩くだけで楽しかった。今はそんなことを感じていい状況ではないのに、イズミの不器用な優しさに甘えてしまう。

「今日から受ける座学の授業って、どういう内容なんですか？」

「主に猫の王国の説明だ。女王陛下や、番人を始めとする猫又の存在、地理と歴史、魔の正体と騎士の使命など……ユラが昨日、番人や俺から聞いた話と被る内容も多い。新人を迎えるたびに授業は新人向けの内容になるんだ。さっきミケーレが自習か読書っていったのは、そういうわけだ。しばらくは、ユラのためだけの授業になる」

「そ、それは……ありがたいですね。集中して、気合を入れて頑張ります」

由良の言葉に、イズミは「そうだな、家族のために頑張らないと」と答える。

迫ってきた校舎の方を見ながらも、どこか遠い目をしているように見えた。

イズミは生前の記憶を女王に消してもらったといっていたが、もしかしたら家族と何かあって、記憶はなくても苦しい気持ちは残っているのかもしれない。

そんなふうに思えてくる、切なく哀しい表情だった。

7

座学の授業はイズミから聞いた通りの内容で、休み時間を挟んで二時間行われた。

教師は騎士ではなく、ミステリアスで美しい、推定ロシアンブルーの猫又だ。

遊び人のシェリーと同じ色の耳や尾を持っていたが、ヒトとしての耳がないため、髪の生え際の位置が人間よりも前にあった。醸しだす雰囲気も猫人とは違う。

由良は最前列の中央に座り、教師の話を真剣に聞きながらノートを取った。

やはり今日の授業は由良のためのものだったので、同じ話を聞き飽きている候補生達は、手紙をやり取りしたり本を読んだり詩を書いたりと、それぞれ好きなことをしている様子だった。

新しい知識として得たのは、猫又は尾の数が多いほど転生回数も多く、神通力《じんつうりき》のような力が強くなっていくという事実だ。三本の尾を生やした番人は格が高く、猫人の心を読み取る力を持っている。教師は、「私は魔が迫る気配を感じ取るのが通常より早いくらいで、番人のように明確な力は持っていません」と謙遜しつつ、黒板を使い、由良のために猫の王国のことを一から丁寧に、わかりやすく説明した。

「あーよく寝た。同じ授業、三十五回目だよ。十回くらいズル休みした気もするけど」

授業が終わって教師が出ていくと、オルカが後ろからやって来る。

眠そうにしつつ「僕と一緒に移動しよう」といって、猫手ポーズで肩を掻いてきた。

次は実技で、教室と同じ建物内にある鍛錬場に行くことになっている。

「はい」と答えた由良は、与えられた机の天板を持ち上げ、ノートやペンを収納した。

生前に通っていた日本の学校ではこういう開き方はしなかったので、教室の机の構造が興味深い。そのうえ机の表面にはネコの形の焼き印が捺《お》してあり、猫の種類や仕草が一つ一つ違っていた。すべて見て回りたくなるほど可愛らしい机だ。

「さっきの授業でもいってたと思うけど、実技の方は、三回生までは指導教官がマンツーマンで教えてくれるんだよ。ある意味、四回生になる前に騎士に任命されない候補生は見込みが低いってことなんだよね。四回生以上になると、約五人に対して一人の教官がつく形になって、なんていうか……候補生だけじゃなく、教官の方にも熱意がない感じなの。やる気がない奴に真剣に付き合う気はないって思ってるのが伝わってくるんだ」

ふんふんなるほど、と納得しつつ、「三回生は崖っぷち」といっていたミケーレの言葉を思いだした由良は、三十五回生のオルカに遠慮して、「アドバイスありがとうございます。厳しいけど頑張ります」と、無難に答えた。

オルカと、ひょいと現れたミケーレと共に鍛錬場に行くことになり、喧嘩友達のような二人が何やらいい争っているのを横目に、由良は実技のことを考えて緊張する。

人間を憎んで魔になった憐れな猫を救いたいと願う想いが大切で、体格とは直接関係がないと教師から説明を受けたが、他の候補生について行けるか心配だった。正確にいえば、ついて行くどころか抜きん出るくらいでなければ騎士にはなれず、望みは叶わない。

「ユラ、ここが鍛錬場だ。天井、すっごい高いから驚くなよ」

そういって扉を開けたミケーレの向こうに、眩いばかりの空間が広がる。

廊下からでは一部しか見えないが、まず驚かされたのが床面だ。廊下は木の床なのに、扉の向こうの鍛錬場には青々とした芝が敷かれ、そこに日の光が降り注いでいた。

学校の体育館に似た物を想像していた由良には、鍛錬場が屋外としか思えず、ふらりと足を踏み入れると、ミケーレがいっていた通りの高い天井に唖然《あぜん》とする。

何しろ天井など何もないのだ。座学教室と大して変わらない入り口とは裏腹に、頭上に空がぽっかりと、切り取られたように円く空いていた。

——広いし円形だし……サッカースタジアムにちょっと似てる。でも石造りだから少し違って……あ、ローマ時代のコロシアムに芝生を敷いた感じ。そっか、番人さんの部屋は硝子の天井があったけど、廊下の途中の窓は硝子が嵌まってなかったし、基本的に常春で晴天だから……屋根や硝子はあってもなくても構わないんだ。

口から「わぁー」といったつもりで「ニャー」といってしまった由良は、東京ドームに劣らない広さの屋根なし鍛錬場を見渡し、イズミの姿を捜《さが》す。

それをミケーレに気づかれ、「騎士様の登場はチャイムのあとだよ」と、さりげなく肩を抱かれながら囁かれた。

オルカも反対側から腕を回してきて、「イズミ卿は真面目だから、指導厳しいかもよー。覚悟しておかないと泣きを見るね」と愉快げに威してくる。

背後がざわついて騎士候補生が全員揃うと、廊下に続く扉が閉められた。

ほぼ同時にチャイムが鳴り、空気が震える。

生前の学校で流されていた、録音したチャイムの音とはまるで違った。

スピーカーを通した濁った音でもなく、そのうえ重みのある鐘の音でもない。

チリーン、チリーンと、まるで猫の首輪につけられている鈴のような、澄み切った音と共に、鍛錬場の最奥にある扉が開かれた。

そこから、青い騎士服に白マントをつけた騎士達が、列を成して入ってくる。

由良を凹ませるほど、大柄で立派な騎士が何人も続いたかと思えば、誰にでも可能性はあると思わせてくれる、小柄で細身の騎士も現れた。

一人一人が傑物《けつぶつ》の風格を持っていて、内側から輝いているように見える。

「イズミ卿は新参騎士だから、たぶん最後だよ」

ミケーレがそういうと、十人目の騎士が入ってきた。

その後ろの後ろに、背の高いイズミの姿がちらりと見える。

指導教官を務める騎士は全部で十二名いて、四回生以上は約五人のグループに分かれることになっていた。マンツーマンで指導を受けることができる候補生は、それぞれ自分の教官の方へと歩きだす。

「きょ、今日は……いえ、これから、よろしくお願いします」

鍛錬場の中央付近でイズミと向かい合った由良は、緊張しながら頭を下げた。

これまで優しい言葉をくれた彼を落胆《らくたん》させない生徒でいたいと思うあまり、がちがちに硬くなっている自覚がある。

「こちらこそよろしく。俺は先日騎士になったばかりの新米で、教官を務めるのは今日が初めてだ。俺も緊張しているし、何かと至らない点があるかもしれない。気になることがあれば、遠慮なく指摘してくれ」

緊張など感じさせないイズミは、柄も鞘《さや》もすべて銀製と思われる短剣を差しだした。

今日ここで剣術を習うのはわかっていたが、由良のイメージではフェンシングの剣か、中世の騎士が使う長剣の使い方を習うと思っていたので、短剣を渡されたことに戸惑う。

これで巨大化した暗雲のような魔を祓うといわれても、しっくりこなかった。

しかしよくよく見てみると、騎士である彼が腰に装備しているのも短剣だ。

彼の剣は装飾が多く、タンザナイトらしき青い石が嵌め込まれている。

「鞘から抜いてみろ」

「はい」と答えて慎重に抜いた由良は、思わず目を疑った。

短剣にしては立派で握りやすい柄にもかかわらず、刃がなかったからだ。

何かの間違いかと思って顔を上げると、イズミは「魔を祓うための刃はグラスソードと呼ばれている。憐れな猫を救いたいという想いの力で作り上げるんだ」と語る。

厚くも薄くもない唇を固く結んでから、自分の剣を抜いた。

およそ二十数センチの鞘から、硝子の如く透き通ったグラスソードが現れる。

物理的に考えればあり得ないことだったが、イズミが柄と鞘を遠く離しても刃の部分は鞘から抜け切らず、手品のように伸び続ける。

ようやく切っ先が見えたのは、柄を握った右手が限界まで鞘から離れた時だった。

「凄い……こんなに長い、剣が」

「刃に触れてみろ」

「は、はい」

下手に触れたら指を失いそうなソードに向かって、由良は恐る恐る手を伸ばす。

平らな面に触れるよう気をつけて指の腹を当てると、それは霞《かすみ》のように崩れ、すかっと手が突き抜けてしまった。

「えっ……これ、どうなってるんですか？　全然触れないです。硝子の剣みたいなのに、触ろうとするとドライアイスみたいにモクモクして……っ、あ、戻った」

「これは、人間に虐待された猫を憐れむ俺の想いから出来ている。人間を怨む猫の魂を、愛情によって浄化させるための剣だ。猫人が触れても実体として機能しないが、魔を斬ることはできる」

さあ、お前もやってみろ——と促されているのがわかり、由良は握っていた自分の剣の柄をじっと見つめた。

剣術を習う前に、魔を祓うためのアイテムを作ることが先決なのだと理解して、人間に苦しめられた猫達への憐憫を自分の中から掻き集める。

惨いニュースを思いだすのはつらく、本当にしんどくてたまらなかったが、今は現実に向き合う必要があった。「なんでこんな酷いことができるんだろう……」と思いながら涙を滲ませたり、犯人が逮捕されても大した罪にもならずに済んでいることに憤慨《ふんがい》したりした自分の気持ちを柄に集中させて、どうにかソードを作ろうとする。

「あ……ッ」

一瞬、ほんの一瞬だったが、黒っぽい色をしたソードが見えた。

短剣程度の長さまで、すうっと現れるものの、すぐに消えてしまう。

どうして黒なのか、何故一瞬で消えたのか、疑問に思ってイズミの剣に目を向けると、今も変わらず透明で美しい剣が安定した状態で伸びていた。

「初日で剣を出せるなんて、とても優秀だ」

「ほんと、ですか？　でも、なんで黒かったんでしょう？」

「猫を虐待した人間に対する、怨みや怒りまで籠めたからだ。死刑になればいいのにとか思わなかったか？」

「そこまでは、思ってないですけど、でも……近いことは思いました」

「そうか……俺は最初のうち、炭のように黒い剣を作っていた。猫を虐待する輩を、同じ目に遭わせてやりたいと思っていたからだ。いいか、人間を怨む猫に同情しても、怨みの念に同調《どうちょう》してはいけない。騎士の使命は……人間不信になった不幸な猫に愛情を教えて、こういう優しい人間もいるなら、もう一度生き直してもいい……と思ってもらうことだ。そして次こそ人に愛されて人を愛し、豊かで幸せな猫生を送れるよう祈る。人でなしへの憤怒《ふんぬ》は一旦抑えて、憐れな猫を心から労わり、幸せを願う気持ちを剣に籠めるんだ」

　由良は刃のない剣を握りながら、涙声で「はい」と答える。

　そうしてイズミにいわれた通りに気持ちを籠めてみたが、やはり黒く短いソードが一瞬現れては消えるばかりで、イメージを形にすることはできなかった。

　一部の人でなしによって、怨念と化す破目になった猫の恐怖や無念に思いを馳せると、どうしても怒りが込み上げてくる。

　人間の心の優しさや美しさ、愛情を伝えることで信頼を得るのが騎士の役目なのに――何度やっても透き通るソードは出てこなかった。

他の候補生はどうなのかと目にするのも怖い気がして、由良は自分の手許《てもと》と、イズミの剣だけを見ながら挑戦を繰り返す。

猫のためだけではなく、指導してくれるイズミのためにも結果を出したかった。

出来損ないの生徒として嫌われたくない気持ちもあり、とにかく必死になる。

しかし成功することはなかった。

誰かに嫌われたくないから頑張るというのが、雑念として悪影響を及ぼしているのか、それともそういう問題ではないのか……かれこれ一時間あまり経った頃、走ったわけでもないのに玉の汗が噴きだし、柄を握る手に力が入らなくなった。

緊張の糸も集中力も途切れ、心身共に疲弊《ひへい》する。

「すみません。せっかく教えてもらってるのに、上手くできなくて」

虐待のことを考え過ぎたことと、思うようにいかないことが胸に伸しかかって、由良は涙をこらえ切れなくなる。初日から泣くなんて絶対に駄目だ、最低だと思っても、瞬きと同時にポロポロと零れてしまい、制服の袖で拭うしかなくなった。

「え、あ……」

拭おうとした途端に黒い物が目前に迫り、イズミの尾だと気づくなり頬を撫でられる。

躊躇う由良の顔を、それはぐいぐいと押しては離れ、また寄ってきて、いつの間にか、両頬を濡らしていた涙が取り除かれた。

「泣かなくても大丈夫だ。最初に比べたら黒が薄くなってグレーに近くなったし、長さも出てきた。初日で目に見えて変化がわかるのは、コツを掴むのが早い証拠だ」

「イズミさん」

「毎日少しずつ進歩していけば、遠からず無色透明のグラスソードを出せるようになる。それが出来たら、剣を振っても形を崩さないようにする鍛錬だ」

「は、はい」

「その成果を示すために剣舞を舞ったりもする。これが結構難しいんだ……少し動かした途端に霧散《むさん》したりして。でも大丈夫だ。俺は、ユラは必ず騎士になれると思ってる」

　イズミはそういうなり尾を引いて、急に恥ずかしそうな顔をした。

　彼の言葉に励まされ、優しくされたことに感じ入っていた由良にはわからなかったが、イズミは頭から生やした猫耳を後ろに寝かせつつ、そっぽを向く。

「尾で拭ったりして悪かった。普通はハンカチを貸すべきところだったな」

「え、あ、いえ……大丈夫です」

「猫人生活が半年近くになったせいか、尾が第三の手になっていて咄嗟《とっさ》に動いてしまった。深い意味はないが……気持ち悪かったらすまない」

　目を合わせないイズミの顔を見上げながら、由良は「いいえ、全然」とだけ答えた。

　彼の言葉の前半は真実だと思ったが、後半に関しては、よい意味で疑いを持つ。

猫人生活二十年のオルカは、瞳孔が縦長になったり丸くなったりしていたので、尻尾が第三の手のように動くというのは納得できた。

何しろまだ二日目の自分ですら難なく尾を動かせるし、本物の猫とは違い、猿のように器用に使える気がしている。うっかり「ニャッ」と口にしてしまうこともあり、猫人生活が長ければ長いほど猫っぽくなっていくのだろう。

――それはそうなんだけど……咄嗟に尾を相手の顔に寄せてぐいぐい押し当てるのは、親しみを持ってるからだと思う。もちろん、深い意味じゃないのはわかってる。……でもやっぱり、イズミさんは僕に対して悪くない印象を持ってるってことだ。口先だけで僕を慰めてるわけじゃなく、心から信じて励ましてくれてる。

騎士になって初めて指導する候補生が、こんな出来損ないのハズレでがっかりだとか、大変だとか、面倒だとか、誰かに代わってほしいと思われていたらどうしよう――という不安と申し訳なさは、失敗のたびに由良の心を重くしていた。けれども本心から淀みない気持ちで励ましてくれているのだと思うと、鍛錬初日としてはそんなに悪くない結果だと信じよう――と、前向きに思えてくる。

「僕は猫が大好きなんですが、アレルギー体質の家族がいたので飼うことはできなくて。生前はあまり触れなかったんです。モフらせてくれる猫もいましたけど、尻尾を思う存分触るなんて無理でしたから。だから、その……凄く嬉しいです」

由良の顔に尻尾を押し当てたことを気にしている様子のイズミに向かって、由良は先程口にした「いいえ、全然」という、曖昧で素っ気ない答えを悔い、自分が如何に嬉しいかを表現しようとした。

「むしろ、その……もっと触りたいとか、ぐいぐいしてほしいって思いますし、不思議と自分の尻尾は触っても嬉しくなくて……確かに猫の尻尾なのに、あまり実感ないんです。他の人の尻尾は触りたくなるんですけど」

「誰かの尻尾を触ったのか？　もう、毛繕いを？」

ようやく由良の顔を見たイズミは、白いマントの内側で黒い尻尾を蠢《うご》かす。どうやら苛立っているらしく、表情にも不快感《ふかいかん》が表れていた。

「いいえ、尻尾を使ってパシッとやっただけです」

忠告を聞かずに浮ついたことをしていると思われるのも、過去を変えたいという目的を忘れていると思われるのも嫌だった由良は、強めに否定する。

するとイズミは尾の動きを止め、「毛繕いの仕方を教えてやろう」といいだした。

その言葉を聞くなり、由良の尻尾は彼に向かって動きだす。

頭の中では「え、毛繕い？　尻尾を出せってこと？」と考えている途中にもかかわらず、尻尾は瞬く間にイズミの手の中に納まった。

「茶トラの尻尾、可愛いな……綺麗な縞々だ」

「あ、ありがとう……ございます」

黒豹でも助けたのかと思うようなイズミの立派な尾と比べると、由良の尾は少しばかり貧弱で、大きな手の中では余計に細く見える。

助けたのが仔猫だったせいか毛自体も細く、柔らか過ぎる気がしていた。

恥ずかしいような嬉しさを感じながら、由良は今も乾かない涙で視界を潤ませる。

洟を啜って顔を上げ、どうにか笑おうと試みた。

「俺達は猫のように舌で毛繕いすることはできないが、こうして爪の先で引っ掻いたり、掌を使って撫でたりして、毛の乱れを整えると気持ちがいい。ブラシを使うのが一番だとわかっていても、なんとなく手でやりたくなるのが不思議だ」

背の高いイズミの顔を見上げながら、由良は彼の手で尾を扱《しご》かれる心地好さに酔う。

自分でも起き抜けに似たようなことを少しだけやったが、それは作業的で、格別によいものではなかった。

「簡単に他人の尾に触れたり、触れさせたりしないように」

「あ、はい」

「本物の猫とは違うからな……嫌がって爪を立てることも咬みついてくることもないが、尾に触れ合うことで勘違いする輩もいるから気をつけろ」

由良は再び「はい」と返事をしながらも、イズミと自分はよいのだろうかと考える。

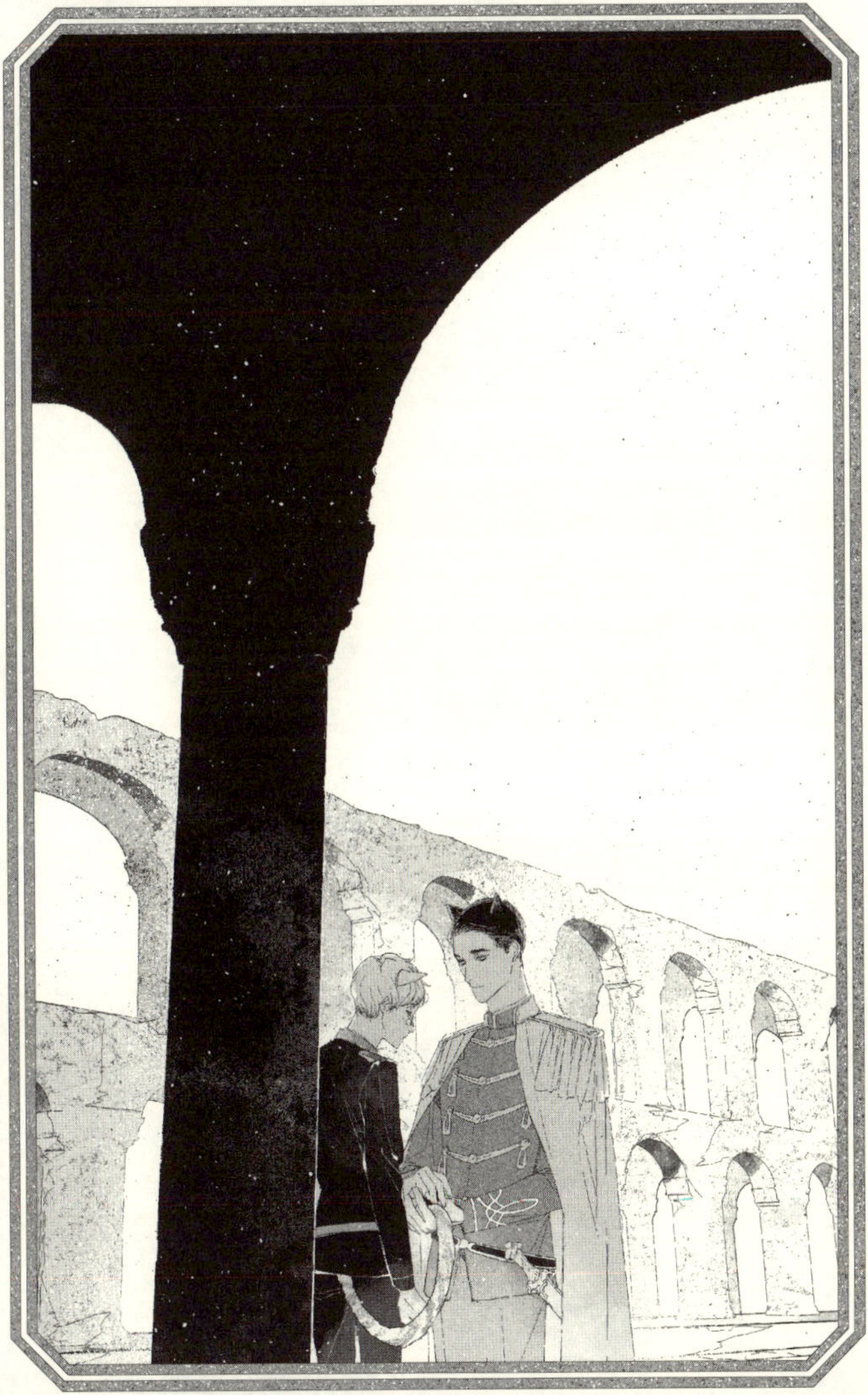

もしも今、イズミの尾に手を伸ばしたら……そして毛繕いを始めたら、そういう意味で好きだと勘違いされかねないのだろうか。

「俺達は、師弟関係だから大丈夫だ」

心を読まれたようなタイミングでいわれて、由良は戸惑う。

イズミの尾に触れたくてたまらないのに、そうする勇気が出なかった。

イズミに対する気持ちに、欲の匂いを感じるせいだ。貴洋の時と同じく、自分ばかりが彼のことを強く意識して、彼の特別であろうと必死になる未来が目に見えるようだった。

イズミの最初の生徒だから、この先もずっと彼にとって特別な生徒でありたいとか――もしもそんなことを思い、異性のいない環境で師弟愛を越えて性愛に偏《かたよ》ることになれば、生者の世界で苦しむ貴洋に対して不誠実であり、この世界に於いても、教官として真摯に接してくれているイズミに失礼なことになってしまう。

「毛繕い、終わったぞ」

「ありがとうございます」

由良はイズミに近づき過ぎてはいけないと思い、彼の尾には手を出さなかった。

広い鍛錬場のあちこちから、「ウオォォ――ッ！」と気合を入れる声や、「もう疲れた。休憩にしようよー」と甘える声が聞こえてきたが、由良はイズミに整えてもらった自分の尾を見て、心を落ち着かせる。

イズミにとって特別な生徒でありたいという欲や、他の候補生と比べて自分がどうかと比較したくなる気持ちを振り払い、ただただ一生懸命にやっていくしかないと思った。

「剣を作る鍛錬はここまでにして、気分転換に外に出てみるか？」

「え、外って……学校の外ですか？」

「いや、学生のうちは学校の外には出られないが、何しろクリソベリル・キャッツアイの敷地は途轍《とてつ》もなく広いからな。山も川も敷地内にある。それに跳躍鍛錬は外で行うことが多いんだ。今日は俺が跳ぶから、景色を楽しんでくれ」

「はい……授業中なのに、楽しんでいいんですか？」

「ああ、不幸な猫に意識を寄せる日常なだけに、気持ちの切り替えが重要になる。楽しむことのすべてが悪だなんて思わなくていい。むしろ必要不可欠で、根を詰めると鬱病《うつびょう》に近い状態に陥ったりバーンアウトしたり、よくない結果になりがちだ」

「はい、そうならないように……気をつけます」

今の由良には、イズミの言葉が骨身《ほねみ》に沁《し》みて理解できた。

番人からは、猫の王国は天国の一角であり、つらいことや苦労などはない世界のようにいわれていたが、魔を祓うための騎士になりたいと本気で思ったら、とても大変だ。

目を逸らしたくなる悲惨なニュースのことを思い描いて、毎日こんな鍛錬をしていたら精神的に参ってしまう。

「ここからは頭を切り替えて、明日また頑張るために楽しんでくれ」

イズミは由良の背中に手を伸ばすと、少しだけ身を屈めた。

何をするのか読めない由良は、膝裏を掬《すく》うように抱き上げられる。

思わず「ウニャンッ！」と妙な悲鳴が出てしまったが、いわゆるお姫様抱っこだとすぐにわかった。

「俺の肩に手を回すといい。遠慮すると危険なので、がっちり掴んで離さないように」

「は、はい」

由良がいわれた通りにすると、イズミは来た道を戻り、奥の扉に向かって走りだす。

抱っこされたまま走られる意外な展開に、由良は無我夢中で彼の肩に縋《すが》った。

扉に激突しそうな勢いだったが、何より驚いたのはその俊足《しゅんそく》ぶりだ。

——凄い……この速度、人間が出せる速さじゃない！

陸上経験者として吃驚《びっくり》していると、イズミが地面を蹴って跳び上がる。

確かに「俺が跳ぶから」といってはいたが、これまでの走りは助走だったのだと、改めて実感した。跳躍というより、飛翔《ひしょう》と捉えた方がよいくらいだ。

信じられないほど高くジャンプしたイズミに、由良はさらに強くしがみつく。

ローマ時代のコロシアムに似た鍛錬場の壁を跳び越え、太陽の光と春風を顔に受けて、ぐんぐんと空に近づいていった。

いったいどれだけ高く跳んだのか、由良はテーマパークのアトラクションでも体験したことがない高さに、興奮と感動を覚える。

観覧車よりも高く、そしてジェットコースターよりも速いスピードで上がり、そのまま落ちていくのは怖くて爽快《そうかい》で、悲鳴を上げる余裕もなかった。

「落下の衝撃があるから、もっと強く掴まってろ！」

地面に着地する寸前、イズミの指示を受ける。

これ以上ないほどしっかりとしがみついていた由良は、腕や手だけではなく、体全体を彼に密着させた。

自分達が死者だなんて思えないくらい、肌が温かく感じられる。

イズミも由良の体をより強く抱き寄せながら、丘の上に着地した。

そのまま休まず一気に走りだすと、またしても高く高く跳び上がる。

「ニャア……凄い、小川とか山とか岩とか、自然がいっぱい！」

「これでもまだ学校内だ。とんでもなく広いのがわかるだろ？」

「はい！　なんか南アルプスみたい！　行ったことないけど！」

猫人の体は、高所から着地してもさほど衝撃を受けない作りのようで、イズミは跳んで空中移動しては着地し、ほとんど助走をつけずにまた跳び上がって、風を切る爽快感と、絶景を眺める感動を由良に与え続ける。

「煉瓦の壁が境界線だ。こうして見ると低く見えるが、実際には結構高い！」

「わあ……凄い、どこまでも続いているんですね！　高くても跳び越えられちゃうのに、囲う意味あるんですか⁉」

「もちろん意味はある。目印みたいなものだ！　女王陛下も番人も、俺達の考えや行動をお見通しだからな。くれぐれも外に出たりしないように！」

「はい！　真面目に過ごして早く騎士になりたいです！」

上空は風の音が強いため、二人して大声で語り合った。

イズミは赤い煉瓦の壁の近くに着地すると、それを跳び越えないよう横にジャンプし、校舎の表側の方へと向かっていく。実に大胆な学校案内だ。

——どういう体をしてるんだろう……こんな高さから着地しても衝撃吸収して、すぐに跳べて……ほんと、猫の運動能力を爆上げしたような感じ。でもきっと、普通はこんなに高く跳べないいんだろうな。

跳躍力には個体差があり、そこには生前の身体能力が大きく影響している——と、先程受けた座学で教えられた。

イズミからも同じようなことを聞いている。

努力次第である程度は高められるが、才能の差は越えられない性質の能力らしい。

由良には、跳躍力に関するイズミの絶対的自信が感じられた。

他の騎士より高く跳べるということではなく、安定性に於いて揺るぎない自信を持っているからこそ、自分を抱いて跳んでくれているのだろう。

――イズミさんも、貴洋みたいに足が速かったんだろうな。猫人になる前から俊足で、走るフォームがカッコよくて……。

跳躍による散歩を、あまり楽しんでは貴洋に申し訳ないという想いが胸に引っかかっていたが、それでも由良は今を楽しむ。

目標を早く叶えるために、これは必要な楽しみなのだと自分にいい聞かせて、イズミの気遣いを余すことなく受け入れた。

「イズミさん、ありがとうございます！」

「いい気分転換になったか？」

「はい！　空気が綺麗で、景色がよくて、今……っ、最高に気持ちいいです！」

思い切り笑って、その分、明日も明後日も力いっぱい頑張ればいいのだ。

緑と青の世界を眺め、深呼吸して肺を洗い、自分も高みを目指す。

ぐずぐずと泣いて沈んでいたら、高く跳べないと思った。

8

由良が魔を祓うグラスソードを完璧に作れるようになったのは、猫の王国に来て、一月以上が経ってからだった。完璧とはいってもそれは静止状態の話であり、それからさらに一月が経過した今でも、剣を振れるレベルには達していない。

現在は型を覚えるためと、準備運動の一環として剣舞を習い始めたが、木刀に似た木の剣で舞うばかりだった。グラスソードを作って舞えるのは、遠い先の話に思える。

静止状態から、ゆっくりと慎重に剣を動かす分には形を保てるものの、ほんの少し手を速めると霧散してしまうからだ。そうして一度散ったあとは、再生に十数秒を要した。

焦ると一分かかることもあり、魔に太刀《たち》打ちできないのは明らかだ。

「崩れるのを避けるより、そうなった時に再生するスピードを上げることに専念しよう。崩れても即座に再生できる自信がつくと、それが安定感に繋がって崩れにくくなる」

「はい、もっと速く刃を作れるよう頑張ります！」

「いい返事だな。気合を入れるのもいいが、性質上、それが必ずしもよい結果を生むとは限らないから、焦って頑張り過ぎないでくれ。ユラは敏捷性《びんしょうせい》も跳躍力も高く、優れた資質を数多く持っている。もっと自分を信じて、褒めていいんだ」

「イズミさん……ありがとうございます。頑張り過ぎない範囲で頑張ります！」

ストップウォッチ機能を備えた銀の懐中時計を手にするイズミの前で、由良は剣の柄に力を籠める。

無色透明のグラスソードを作れるようになるまでに、虐待された猫のことを考え過ぎて闇に呑まれそうになったり、魘《うな》されて眠れなかったりと、時に翌朝まで引き摺るほど気が滅入ることもあったが、初めてソードを作れた時は嬉しかった。

一方で、安定して素早くソードを作り、実用化できるほどの集中力を保つのは難しく、毎日が自己との闘いになっている。

イズミから鍛錬初日に予告されていた通り、ここからが大変で……グラスソードを作ることはできてもステップアップできずに挫折して、騎士になるのを諦める候補生も多いと聞いていた。今では他の候補生の動きも目に入るようになったが、長剣化した状態で自由自在に振り回せるのは、ミケーレとシェリーのみだ。

続いて、ほぼ安定して動かせる者が数名いる程度で、ほとんどの候補生は、黒や灰色の短剣を作ったり、まったく作れていなかったり、作ること自体を諦めていたり……或いは由良と同じく、長剣を作れていても実用化に至らずに苦戦している。

ミケーレから得た情報によると、イズミは完璧な長剣を作りだすまでにわずか二日しかかからず、最短記録を出したものの、実用化には二週間を要したという話だった。

ミケーレは、「イズミでさえ二週間かかったんだから、あまり気にするな」という意味で話してくれたのだが、由良はイズミと自分を比較してはいないので、何年も実用化できていない先輩が多くいるという事実の方に気持ちを縛られていた。

——僕が死んで……猫の王国に来て二ヵ月半……四十九日も過ぎて、母さん達はどんなふうに暮らしてるんだろう。次々と新しいニュースが流れて、貴洋のことをネットで叩く見ず知らずの人が減っても、身近な人は今でも話題にしたり、責めたりしているかもしれない。法的に罪に問われなくても、そういうのは関係なく続いていく。貴洋だけじゃなく病院ごと中傷されたりとか……現在進行形で大変な目に遭ってる気がする。

騎士に任命され、女王に望みを叶えてもらえば、それが今から数年後だとしても過去に戻って一時間だけやり直し、自殺という誤解を解いて失踪に変えることができる。

つまり考えようによっては——いつか騎士になれれば過去を修正できるのだから、急ぐ必要はないということだが、一日も早く騎士になって貴洋を助けたい想いが、由良の心を燃やしていた。落ち込んでもどうにか沈み切らずに励むことができるのは、貴洋の人生に対する責任を感じているからだ。

猫を助けて川で溺れた三月十日に戻って変化を齎すことができた場合、由良に係わる人々の運命は激変し、おそらく最も救われるのは貴洋だろう。

由良の家族からすれば、由良が突然いなくなるという悲しみや心配事が残るが、すでに疎遠になっていた貴洋にしてみれば、由良の失踪理由が明確に自分と無関係であるなら、いなくなること自体は大した問題ではないはずだ。

――書き置きの文面も、もう考えてある。『僕には好きな女の人がいます。でも絶対に認めてもらえない人です。僕は必ず幸せになるから、どうか勝手を許してください。僕を捜すことに時間や労力を割かないでください。僕は本当に幸せだから』って、そう書いて家に置いていく。一時間で消えてしまうなら、そういう去り方しか思いつかない。

有名人の不倫が取り沙汰されては、ネットで私刑を受ける昨今――一見は大人の恋愛と縁のなさそうな自分が、人妻か、年上の女性と道ならぬ恋に落ちて駆け落ちしたという筋書きを両親に想像させることで、三月十日の朝に起きた偽ラブレター事件や、貴洋からの呼びだしとは一切無関係であることを強調したかった。

捜すなと書いても捜すだろうし、両親にも弟にも本当に申し訳ないと思うけれど、生き返ることも真実を話すこともできない以上、自死よりはマシだと考えるしかないのだ。

「ユラ、疲れが溜《た》まってるみたいだな」

「――ッ、あ、すみません！」

集中力が切れていたことに気づいた由良は、慌てて顔を上げる。

イズミからマンツーマンで丁寧に教えてもらっているにもかかわらず、他のことに気を向けていた自分が情けなくてたまらなかった。

そもそもグラスソードを思うように扱えてもいないのに、騎士に任命された際の願いを考えるなんて、取らぬ狸《たぬき》の皮算用《かわざんよう》と同じだ。目標として念頭に掲げることや、一時間しかない生還時間にどう動くか計画を練ることは大切だが、今はその時ではない。

「気分転換にいつもの空中散歩にでも行くか？　それともたまには番人に顔を見せに行くか？　グラスソードが作れた報告から先、一度も来ないって残念がっていた」

「あ……そういえばしばらく会ってません。残念がってくれていたんですか？」

「ああ、番人は離れていても猫人の強い思念を読み取るから、ユラのことを心配してた。凄く頑張ってるのはわかるけど、焦っているようだって」

「——頑張りが、足りてない気がします」

やるべきことに集中できていなかった自分が嫌で、由良は柄を手に項垂れる。

周囲を見回すと、オッドアイの白猫のミケーレと、ロシアンブルーのシェリーが一組になり、指導教官や他の候補生に剣舞を披露《ひろう》していた。使っているのはグラスソードだ。

実際の魔祓いに対応できるほどソードが安定していなければできない芸当で、剣の基本型をすべてマスターしたうえでの高等剣術といえる。

これができずに騎士に任命された者は過去に一人もいないといわれているため、由良も彼らのレベルまで行きたいのだが……今は木の剣で舞うのが精々だった。グラスソードを使って舞おうものなら、一動作でたちまち霧散させてしまう有り様だ。

「剣の舞、綺麗ですね。あの二人だと特に様になってて」

由良は番人の所に行く途中で足を止め、鍛錬場の中心で舞う二人に目が釘づけになる。

ミケーレとシェリーは犬猿の仲だが、共に背が高く見栄えがするので、一部の候補生がキャーキャーとばかりに「ニャンニャン」と鳴くほど素晴らしい見物になっていた。

これだけ実力のあるシェリーが何年経っても騎士になれないのは、他の猫人の心を少々傷つけてしまうくらい、恋愛や性的な意味での素行が悪過ぎるせいらしい。

真実かどうかはわからないが、少なくともそう噂されているし、信憑性《しんぴょうせい》もあった。

剣技が優れているおかげでお目こぼしがあり、王国からの追放を免れていると考えてもいいくらいだろう。

――夜中にシェリーさんの部屋の前に何人か集まって、泣いたり喚いたり、その流れで複数プレイ……とかして、ギシギシうるさくして、週に一度は何かしら問題を……。

素行がよければ疾うに騎士になっているだろうに、勿体ないなと思いながらシェリーを見ていた由良は、横顔にちくちくとイズミの視線を感じた。

目を向けると、やはり彼が自分を見ている。

余所見《よそみ》してごめんなさい――といおうとした途端に、「シェリーが気になるのか？」と、何を考えているのかわかりにくい表情で問われた。

「あ、はい……やっぱり、ああいう姿を見てると気になります。憧れますし」

舞えるほど安定してグラスソードを保てることや、心がけ次第で騎士に任命されそうな実力に対する憧れを口にした由良だったが、返ってきたのは、「お前にはミケーレの方がいいと思う」という、意味不明な言葉だった。

「――？」

ミケーレさんにも憧れてますよ、むしろミケーレさんに関してはあえていうまでもなく当たり前に憧れていますし、仲よくさせてもらってます――といいたい由良の目の前で、イズミはマントの裾を翻《ひるがえ》し、黙って歩いていってしまう。

「あの、イズミさん？」

由良はイズミの背を追うしかなくなり、鍛錬場から廊下に出た。

硝子の嵌っていない小窓の横を通る間も、イズミは無言で、いつもなら合わせてくれる歩幅を合わせてくれない。由良の身長では、ほとんど小走りになっていた。

――どうしたんだろう……もしかして僕の言葉が足りなくて、遊び人のシェリーさんを目標にしてるとか、勘違いされちゃったのかな？　なんか機嫌が悪いみたいだし、ここは否定しておかないと……！

番人の部屋に到着する前に、由良は一気に距離を詰める。

イズミのマントの裾を掴めるくらい近くまで行ってから、「あの、本命はシェリーさんじゃないですよ！」と、些か大きめの声で訴えた。

レモングラスの香る春風が抜けていく廊下で、イズミは足を止める。

勢い余った由良は、彼の背中に顔面から飛び込んで「ニギャッ」と鳴いてしまった。

視界がマントの色で真っ白になり、筋肉質な体にぶつかったせいで鼻が痛くなったが、とにかく誤解を解きたくて鼻を押さえながら言葉を纏める。

根っからの遊び人で、卑猥《ひわい》な夜を過ごしているシェリーを目標にしているとは、絶対に思われたくなかった。

「僕が本当に憧れてるのはミケーレさんです。調子いいところがあるのは知ってるけど、それは表面的なもので……実は凄く面倒見がよくて、自分のライバルになりそうな人にもコツを教えたり、上手くいかなくて凹んでる人がいるとさりげなく遊びに誘ったり明るい笑顔で励ましたり、なんていうか……すでに騎士みたいな人だと思ってます」

熱意を籠めて訴えると、イズミの唇がわずかに動く。

猫耳はより顕著《けんちょ》に動き、立ち上がったり寝たりを繰り返した。

視界の端では、黒く長い尾が揺らめいていて、こちらも落ち着きがない。

「そうだな、その通りだと思う。完全同意だ、否定しようがない」

「……あ、はい」

イズミは番人の部屋に向かって再び歩き始めたが、今度はいつもの調子だった。

由良の歩幅に合わせて、ゆっくりと歩いていく。

涼やかな横顔は貴洋と重なるものの、思い返せば幼さが残っていた彼と比べると、より憂いがあって目を惹かれた。

こうしてイズミと二人きりでいる時間が由良にとっては何よりの気分転換であり、罪の意識を刺激される時間でもあった。

幸せだとか、このままもっと一緒にいたいとか、つい思ってしまうせいだ。

久しぶりに番人に会いたい気持ちはあったが、本当はイズミと二人で回廊を歩いたり、中庭で花を摘んだり、跳躍鍛錬と称して空中散歩を楽しむ方がいい。

生者の世界で今も貴洋が苦しんでいることを考えると、笑っていていい立場ではなく、気分を切り替えて翌日また頑張るための、最低限の楽しみしか得てはならないことを——由良は自分にいい聞かせている。だから時折、限度を超えた幸せを感じるのが怖かった。

幸福感を覚えた途端に、心臓が軋んで酷く痛くなったりする。

イズミが微笑を浮かべると、どきりとしながら貴洋を思いだすせいだ。

貴洋は今頃こんなふうに笑っていないだろうなと、考えずにはいられなかった。

「学生だった頃、俺は剣の舞が苦手で……剣術の一つとはいっても一応舞踊ではあるし、そのせいでどうも照れてしまう性分だった」

由良と同じ速度で廊下を歩いていたイズミは、再び口を開いた。

彼と一緒なら会話がなくても幸せだと感じる由良だったが、話しかけてくれるとやはり嬉しくて、ましてやそれがイズミ自身のこととなると、耳も尻尾もアンテナのようにぴんぴんと反応してしまう。

「ミケーレは、『恥ずかしがってるのが伝わるから、見てるこっちが恥ずかしくなる』と、手厳しいことをいいながらも夜中の特訓に付き合ってくれた。『ギャラリーが少なければ平気だろ？』といって、俺が舞うのを見ていたり一緒に舞ったり。後輩の俺が先に騎士に任命された時も、笑顔で祝福してくれた。そういう人柄だと知ってるから、だから、反対する理由がない」

「……はい」

反対とはどういう意味だろうか、何故そこで反対するのしないのという言葉を出すのかイズミの意図が読めないまま、由良は番人の部屋の扉の前に立つ。

考え込む由良の代わりにイズミが扉をノックし、「失礼します、タンザナイト騎士団のイズミです」と名乗った途端に、由良は猫の王国に来た日のことを思いだした。

『本気なら、誰と付き合おうと反対しない』

あの日の晩に、イズミはそういったのだ。

由良の部屋に次々と訪問者がやってきて、性的な誘惑を仕掛けてきた晩——今はもう、由良のガードの固さが知れ渡ったので楽になったが、しばらく続いた夜の攻防の幕開けに、イズミは確かにそういっていた。

——まさか、ミケーレさんのこと……恋愛的な意味で憧れてると勘違いしてる？　僕は同性愛に興味ないっていってちゃんといったのに、猫の王国に来て二ヵ月半も経って、とうとう感化されたと思ってる？

訂正《ていせい》しなきゃと進みでた時にはもう、扉が開き、番人の姿が見えた。

真っ白な長髪と、メインクーンを彷彿とさせる尾が三本もある番人の姿は、何度見ても衝撃だ。ぼうっと目を奪われている間に、イズミは「ユラの話を聞いてあげてください。よろしくお願いします」とだけいって由良を部屋に押し込み、瞬く間に踵を返した。

「え、ちょっと……待ってください、イズミさん！」

聞こえていないはずがなかったが、イズミは待ってくれない。

由良の声を打ち消さんばかりに靴音を立て、バサバサとマントを鳴らして、座学教室や鍛錬場がある中央部に向かって消えていった。

もう一度呼んでも振り返ってもらえず、イズミの背中に向かって伸ばした由良の手は、空を掴むだけで終わる。

「イズミさん！」

虚しく下ろすと、番人の笑い声が聞こえてきた。

くくっと笑って近づいてきた彼は、華やかな白軍服風の番人服姿でボリューム感のある尾を動かし、由良の腰や太腿をやんわりと撫で始める。

人間の青年に近い姿をしていても、猫又はやはり猫であってヒトとは違うので、性的な抵抗感は湧かなかった。

「久しぶりだな、ユラ」

「お久しぶりです、番人さん」

「本当に、こんなに来ない子も珍しいくらい御無沙汰だ」

「え……そうなんですか？　皆さんもっと来るものなんですか？」

「五回生くらいになると来る回数が減るものだが、新人は頻繁に来るのが普通だな。多い子は毎晩やって来て、一日の出来事を報告してくれる。学校の保健室にいる養護教諭や、教会にいる牧師のような存在だと、イズミ卿から説明されただろう？」

「はい、その説明はちゃんと憶えてますけど、保健室にはそうそう行かないので、こんなものかと思ってました。あ、前回来た時、グラスソードをやっと作れるようになったって御報告をしましたよね。やっぱりそこからが大変で、上手く振れないし、剣舞なんて試すこともできないくらい駄目な状況です。ほんの少し動かすと崩れて霧散しちゃうんです。それで凹んだりして、番人さんに相談しようかと思った時もありました。でも……いつもイズミさんが励ましてくれたから、なんとか頑張れたし、大丈夫だったんです」

「つまり、イズミ卿さえいれば私は要らないと」

「いえ！　そうはいってません！」

「いってるだろう。だが、それを私にいっても仕方ない。面と向かってイズミ卿に伝えてやらないと気の毒だ」

「……気の毒？」と、口の中だけで呟いた由良に、番人は尻尾の動きをつけて頷く。

大柄ながら猫又らしく軽やかに床を蹴ると、木の多い室内で最も気に入っている大木の枝に腰かけた。最初に会った時は由良と同じく床の上に立っていた番人だったが、本来は高い所が好きで、基本的には木の上で寛《くつろ》いでいるのが彼のスタイルらしい。

「私は猫人の心をある程度読めるが、誰が何を考えているのか他者に話すことはしない。ただ、人間の常識として語るなら……自分の教え子が、自分以外の誰かに憧れているのは悔しいものだろう。恋愛感情が絡もうと絡むまいと、男は男に負けたくないものだ」

「――それって、ここに来る途中……ミケーレさんに憧れてるっていった件ですか？」

「如何にも」

「訂正しようと思ったんです！　なんか、恋愛感情と勘違いされたみたいだったし。でも僕をこの部屋に押し込んでさっさと行っちゃって……あとでちゃんと否定します」

「恋愛感情はないと否定したところで、イズミ卿の心に悔しさは残るだろうな」

「もちろん、僕が誰より憧れるのはイズミさんです。でもイズミさんに憧れてるなんて、烏滸《おこ》がましいっていうか……すでに騎士になってる人だし。ミケーレさんは、凄いことは凄いけど、一応のところ同じ土俵《どひょう》にいる候補生じゃないですか」

「高校野球の球児は、優秀なスター球児などではなくプロ野球選手に憧れを抱くものではないのか？」

「それは確かにそうかもしれませんけど……なんていうか、イズミさんに憧れてるとか、イズミさんを目標にしてるとかいえるのは、騎士になれたあとの話っていうか」

由良は木の上で寛ぐ番人を見上げながら、猫耳ごと頭を押さえてしゃがみ込む。

騎士であるイズミのプライドを傷つけるつもりは毛頭なく、雲の上の人だと思うあまり遠慮していただけだったが、もしも本当に傷つけたなら、すぐにでも謝りたかった。

しかし下手な謝罪を口にすれば、新人候補生に気を遣われたことを感じさせてしまい、かえってプライドを損なうことになりかねない。

「とりあえず誤解は早く解くべきだ。私は、彼が傷つくのを見たくなくてね」

「は、はい」

「イズミ卿は、ユラがミケーレに憧れ、さらに性別を越えた恋愛感情を抱き始めていると誤解して、心から応援しなければと思っているようだから」

「そんなの困ります！　解きます、すぐ解きます！　やっぱり誤解してるんですね！」

「秘めるべき胸の内を少し語ってしまったな。これではルール違反の情報漏洩《ろうえい》だ」

そういいつつも笑った番人は、オリーブによく似た葉で囲まれている扉とは別の方向を指差して、「彼は中庭を彷徨っているようだ」と由良に教える。

そして透かさず、「君達の慎《つつ》ましさは美徳かもしれないが、損ばかりしているようにも見える」と付け加えた。

由良は「ありがとうございました！」とだけ返して、勢いよく廊下に飛びだす。

生前から比較的俊足だった由良は、猫人になったことで人間離れしたスピードで走れる体になっていた。本当は廊下を走ってはいけないのだが、鍛錬の授業中で誰もいないのをいいことに駆け抜けて、回廊から中庭に向けて跳躍する。

「イズミさん！」

花と緑に覆われた広い中庭を、由良は上空から見下ろして叫んだ。

生前は大きな声など滅多に上げなかったのに、今は躊躇いなく声を出せる。

貴洋と同じように、イズミを傷つけたくなかった。簡単に傷つきそうにない大人の強い男に見えるが、彼だって元々は人間だ。いくつになっても、心ある限り人は傷つく。

「ユラ……ッ」

「空から突然すみません！　僕、イズミさんにいいたいことが……っ、今すぐどうしてもお伝えしたいことがあって跳んできました！」

猫人の跳躍力をフルに活用した由良は、噴水の近くに佇むイズミを見つけるなり空中で上手く方向転換し、彼からそう遠くない位置に着地する。残る距離に合わせて次は軽めに跳び、イズミの目の前に立った。

「急にどうしたんだ？　番人とは話したのか？」

「はい、少しだけ話しました。でも、僕にはイズミさんがいるから」

由良の言葉に、イズミの尾がぴんと立つ。

猫耳も上向きに立っていた。瞳孔が、黄緑色の虹彩の中心で少し大きくなる。

興味を持たれていること、驚かれていることを実感した由良は、覚悟を決めた。

「あの、僕は、恋愛とかは騎士になれてからって思ってます。ミケーレさんへの憧れは、最も騎士に近い候補生っていう、実力や立場が羨ましいっていう意味です」

「ユラ……」

「卑屈だって思われたくないですけど、正直なことをいうと……騎士を目指してるなんて口にすること自体、申し訳なくて恥ずかしいくらい、僕は普通です。だけど、どうしても叶えたいことがあるし、不幸な猫を救う騎士の仕事は素晴らしいと思ってます。だから、騎士になれた暁には……イズミさんを目標にしてもいいですか？　イズミさんに憧れてるなんて烏滸がましいことを、口にしてもいいですか？」

両拳を握り締めて想いを告げた由良は、イズミの目を真っ直ぐに見据えた。

本当はこんなふうに話すのは苦手で、いつもは微妙に逸らしたりさりげなく視線を外したりしてしまう。

けれども今は、イズミが逸らしても自分は見つめていたかった。

猫の王国に来て二ヵ月半――少しは成長したと信じて、自信を持ちたい。

身の程を超える夢を堂々と語ることを、どうか許してほしい。

「俺は、お前に憧れられるほど出来た人間じゃない。生きていた時も、死んだ今も、罪を犯し続けている」

「……罪？」

「猫にとって悪い人間じゃなかったというだけで、本当は、天国にいる資格なんてない」

「イズミさん？」

同じ人間に対しては、自分は罪人であると、今でもそうなのだと語るイズミの言葉は、由良にとって理解し難いものだった。この国の住人としては新参の部類でありながらも、イズミは元ライバルの候補生から一目置かれる存在で、現在の同僚である騎士達と言葉を交わす様子を傍から見ていても、信頼されているのがわかる。

「そんなこと、ないですよ。神様は何もかも見てるし、知ってるから……誤魔化しはきかないと思います。天国の一角にいるってことはやっぱり善人に違いなくて、イズミさんが罪だと思ってることは、神様からしたら罪のうちに入らないくらいのことなんですよ」

「ユラ……」

「あ、でもこんなことといったら自分まで善人っていってることになっちゃいますね。僕は本当に偶然で……天国とか猫の王国とか、ほんとすみませんって感じですけど」

由良は照れた振りをして自嘲しつつも、イズミを苛む罪の重さを感じていた。

生前の記憶を、騎士になった時に消してもらったというのは嘘なんだろうか——そんな疑問を持ったが、今は何よりも彼を元気づけたい。

何か、途轍もなく悲しいことが彼の身に起きたのだ。

死して猫人になった今も消えていないつらさが、イズミを苦しめている。

生前の記憶があるのかないのか、真相はわからず、追求することは許されていないが、由良には今ここにいるイズミの痛みが何よりの真実だった。

「あの……今から一緒に、どこかに行きませんか？」

他人の事情に踏み込むことも、国籍を訊くことすらも禁じられている世界で、イズミのために何ができるか考えた由良は、尻尾の先を空に向ける。

イズミは驚いた様子を見せ、さらに瞳孔を開いた。

「跳ぶという意味か？」

「はい。地面を蹴って思い切り跳んで……新鮮な風を顔にビュンビュン受けてると、その間は嫌なこととか、悲しいことを忘れて爽快な気分になれますよね？　そういうストレス解消法をイズミさんが教えてくれたから……この二ヵ月半、なんとか気持ちを切り替えてやってこられたんです。イズミさんも跳躍が好きみたいだし……騎士候補生だった頃から跳ぶのを気持ちいいって思ってたってことですよね？」

「……ああ、風を受けて跳んでる時は、何もかも忘れられた。忘れてはいけないことまで忘れて、気持ちいいなんて思うこともあった」

「頑張るために、そういう息抜きみたいな時間も大切だって教えてくれたのはイズミさんじゃないですか。跳躍って……全力疾走する時に似てますよね。もっとずっと爽快で強烈なんですけど、なんか似てる気がするんです」

「――そうだな」

すっと差しだされたイズミの手を見つめた由良は、手汗を拭いてから手を伸ばす。

長い指と大きな掌に包まれると、嬉しくて心音が高鳴った。

ときめきという単語が、頭を過《よぎ》る。

一緒にいるだけで満たされた気持ちになって、手と手が触れ合うだけでドキドキして、この先に二人だけの予定があることが嬉しくてたまらない。もう何度も経験している学校敷地内での空中散歩が、格別に素晴らしい旅のように感じられる。

――ときめくって、こういうことだ。恋って、ここから始まるんだっけ？

見つめ合えば見つめ合うほど、「今は駄目だ、そういう場合じゃない」と、いい聞かせて封じ込めたはずの感情が、節操もなく踊りだす。

いつか騎士になれたらイズミを目標にするという話の許可をもらっていないが、それは結局のところ自分が決めることだと思った。

もしも恋に落ちたとしても、やはり許可など要らない気がする。

駄目だといわれてもどうにもならないことだから、許可を取る意味がない。

――なんとなくわかってきた気がする。貴洋の親友であり続けたいと思った気持ちも、それ自体が罪だったわけじゃないんだ。憧れて、大好きだったことまで否定したり、諦め切れなかった自分を責めたりしちゃいけない。それは間違いを悔やむこととは別の話だ。友情も恋も心は自由で……貴洋を好きだったことも、イズミさんをこれからもっと好きになることも、許されないようなことじゃない。

由良はイズミの手を強く握りながら、尾を絡め合いたい衝動に駆られる。

自分の中で恋愛解禁の時が来たら、他の誰でもなく、イズミを好きになる予感がした。まだ出会っていない女性猫人でもなければ、ミケーレでもない。もちろんシェリーでもオルカでもないイズミに向かって、感情のすべてが動く未来が見える。

イズミ以外で、他に強く惹かれる相手がいるとしたら貴洋くらいのものだが……それは考えてはならないことだった。

貴洋に対しては今のところ恋愛感情は持っていないし、どんなに平和でもここは死後の世界に違いないのだから、会いたいとも恋しいとも思ってはいけない。

「これは、跳躍鍛錬の一環か？　それとも、俺を慰めるための行為か？」

「これは……その……」

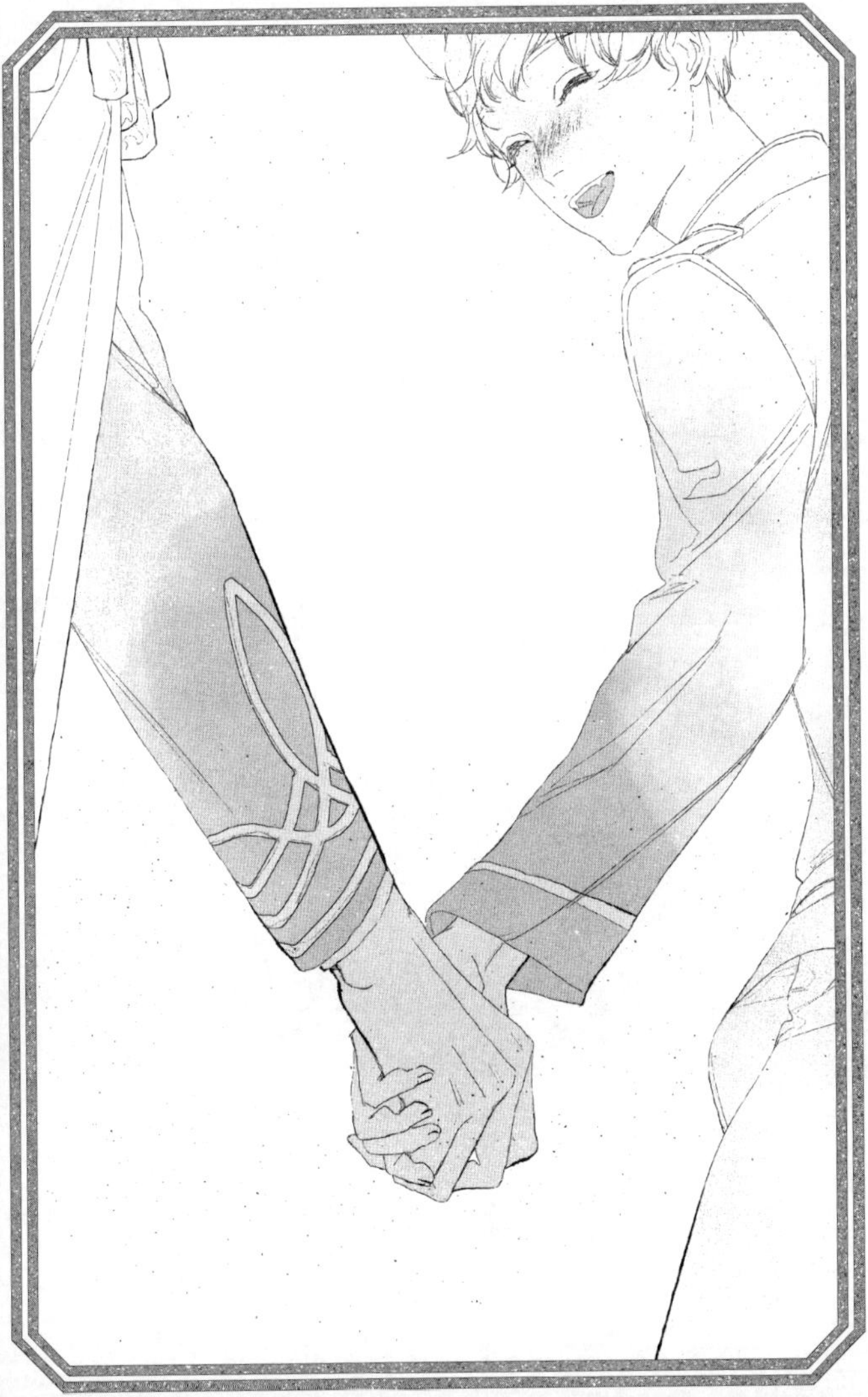

手を繋いだまま真顔で訊いてきたイズミに、由良はどう答えるべきか考えた。

鍛錬ではないなら付き合うわけにはいかない――といわれて手を離されたら、しばらく立ち直れないほどショックを受けるだろうと思いながらも、危険極まりない答えが喉まで込み上げてくる。

口にしたら関係が変わり、この幸せが終わりを告げるかもしれないが……ストレートに答えてみたかった。健全といえる範囲の中で、素直に想いを伝えたい。

「強《し》いていうなら、デートです」

由良が答えた瞬間、イズミは凍りついたように動きを止める。

またしても瞳孔が開いて、黄緑色の虹彩が黒に侵食されていった。

東洋人らしい滑らかな肌は内側から浮きだす血の色に染まり、普段はさらりとしている掌が汗ばんでいく。

「――跳ぶぞ」

「はい！」

手を離されることはなく、二人で一緒に中庭を走り、地面を蹴った。

火照る頬を風で冷やされながら、空に向かって高く高く跳んでいく。

9

由良が猫の王国に来て半年が経過し、一部の候補生は緊張する日々を送っていた。

最後に騎士が任命されたのが今から半年少々前なのと、つい先日、任期を終えて勇退を選んだ騎士がいるからだ。新しい騎士が任命されるのは、一年に一度か二度くらい。不定期ではあるものの、タイミング的にそろそろではないかと噂されている。

次こそはと狙っている最有力候補のミケーレ、彼に次ぐ実力者のシェリー、それなりに剣技に自信のあるジェイク、ガブリエル、チェオ、ルイス——そして最近ようやく剣舞を舞える段階までステップアップした由良は、いつ来るかわからない任命の時を意識して、神経を研ぎ澄ませていた。

——オルカさんみたいに変わらない人は変わらないけど……密かに意識してる人は結構いる。特にシェリーさんなんて、最近は部屋に誰も入れずに一人寝してるみたいだし……あれはたぶん禊《みそぎ》なんだろうな。恋愛や、セッ……クス……と、騎士の選出は無関係だっていわれてるけど、関係してるって考え方もあるみたいだし、清く正しく過ごしてますってアピールしたくなるのかも。

鍛錬場で剣舞を舞うシェリーの姿を見ながら、由良は剣の柄を握り締める。

剣舞は西洋のものとも東洋のものともいえないものだが、だからこそ舞い手の見た目に左右され、東洋人のシェリーが舞っていると東洋的な舞踊に見えた。

素早く身を翻しても、剣で宙に円を描いても、彼のグラスソードは欠けることがない。

実力から考えて次に任命されるのがミケーレだとしても、その次はシェリーだと思えて仕方がなかった。驚異的な新人が現れたり、シェリーの悪い癖が出て他の候補生を酷く傷つけたりしなければ、それが順当だろう。

――ミケーレさんが近いうちに任命されたとして、そこから半年後か一年後……今よりグラスソードの耐久時間を長くして、剣舞も……やっとって感じじゃなく滑らかで自然に舞えるようになったら、シェリーさんを追い抜けるかな……。無理だったら、また半年か一年先の挑戦になる。凄い新人が現れたり、伸び悩んだりしたらさらに時間がかかって、その間ずっと貴洋を苦しめることになる。今回は無理でも、次回は選ばれたい。

本当は、ミケーレすら追い抜きたい気持ちがあった。

それが現実的ではないとわかっていながらも、奇跡を望まずにはいられない。

「ユラ、もうチャイムが鳴ったぞ」

手指が痛くなるほど柄に力を籠めていた由良は、イズミの声に我に返る。

頭の奥で、鈴に似た音の鐘が響いていた。授業の終わりを告げる鐘の音だ。

「あ、すみません……ぼんやりしてました。ごめんなさい」

「落ち着かない時期だからな」

苦笑するイズミの顔を見上げると、由良は自ら穴を掘って入りたい気分になる。

今の実力で騎士任命の時を意識しているなんて、イズミに思われたくなかった。

しかし実際に意識してしまっているのだから、嘘もつけない。

「僕には、まだ関係ないって……頭では、わかってるんです。でも……どんなにそういい聞かせても、心のどこかでは、もしかしたらとか期待する気持ちが消えなくて。実力に見合わない願望を持つのは恥ずかしいことだって、思ってるんですけど」

「期待するのは当然のことだ、何も恥ずかしがることじゃない。騎士になりたい気持ちがあって、そうなるために日々精進している結果だ」

「イズミさん……ありがとうございます」

でもやっぱり恥ずかしいです——と、由良は頭の中で付け足した。

候補生だった頃、おそらくイズミも期待した時があったのだろうが、結果的に彼は先輩候補生を全員抜いて、過去最速で騎士に選ばれている。つまり彼の期待は身の程を超えていなかったことになり、恥じることは何一つないのだ。

「このあと、いつもの崖にでも行くか？」

「あ、はい……行きたいです」

「跳ぶ元気があってよかった。騎士の任命は不定期だから常々励むしかない話で、長期間意識し続けると疲れてよい結果に繋がらない。確実に進歩している自分を認めて、自信を持ちつつも期待し過ぎないことだ。その加減が難しいのは、よくわかるけどな」

そういって微笑むイズミに向かって、由良は「はい」と短く答える。

いつの間にか心配をかけていたことを痛感すると、羞恥心を凌駕する勢いで申し訳ない気持ちになった。

つい先日までは、心身ともに満たされていて元気いっぱいだったのだ。

さほど悪くはないペースで剣技を磨き、反射神経や運動神経がよく、跳躍力と敏捷性に優れている由良は、イズミや番人、そしてミケーレからも褒められることが頻繁にあり、ある程度の自信を持って己の状況を前向きに捉えていた。

他の候補生に羨ましがられるほどの成長を遂げているため、凹む必要はないのだが——そういう立場だからこそ余計に夢を見て、あと少し届かない現実を憂いてしまう。

「ユラ、ミケーレが来るぞ」

鍛錬場の外に跳ぼうとしていた由良は、イズミの視線の先を見る。

ミケーレが片手を上げつつ歩いてきて、「よう、またデートか?」と声をかけてきた。

そういう単語を使われるのは、由良としては非常に照れる一方で、イズミと自分の今の関係を、周囲から「恋人同士の一歩手前」くらいに捉えられている現状には、くすぐったい嬉しさがあった。

何も進展してはいないものの、デートをしているという自覚はあり、騎士に選ばれたら恋人へと進んで、キスくらいしたいという願望を密かに抱いている。

少しばかり甘い関係であることを周囲に悟られているおかげか、ますます誰も誘惑してこなくなったのもありがたい話だった。

「ミケーレさん、お疲れ様です。今日の剣舞も凄かったですね」

「お疲れ。気合の入る時期だからな、ユラにもシェリーにも負けてられないし」

デートという発言を否定しない由良とイズミの前でミケーレが足を止めると、背後からオルカが走ってくる。

「なになに、皆でどっか行くの？　僕も行きたいニャン！」というなり、ミケーレの太い腕をガッと掴んだ。

「おいおい、遠慮しろよ。デートの邪魔しちゃ駄目だろ」

「何いってんの、デートだからこそ邪魔するんでしょ。鍛錬だったら邪魔しないよ」

相変わらずのオルカとミケーレの姿に、由良はイズミと同じように微笑む。

期待するたびに自己嫌悪に陥って、悩んだり凹んだりすることもあるが、くよくよしていても仕方がない。イズミにいわれた通り、常日頃から励むしかないのだ。

短毛種の白猫の耳と尻尾を生やしたオッドアイのミケーレと、長毛種の黒猫の耳と尾を生やしている緑目のオルカ、そしてイズミと由良の四人は、跳躍によって鍛錬場を出た。

とはいえオルカは跳躍力と持久力が低いため、ミケーレが負ぶってフォローする。

「どうせなら優雅に姫抱っこしてよね！」と文句をいうオルカに、ミケーレはけらけらと笑いながら、「お断りだね、付き合ってる子にしかやりたくないし！」と拒否しつつ、芝やオーチャードグラスに覆われた地面を何度も蹴った。

オルカは「じゃあ僕と付き合う⁉　いや、ない！　それはない！」と叫び、ミケーレは「自己完結するなよ！　俺が振られたみたいになるだろ！」と、やはり大きな声で答え、「もう嫌！　イズミ卿に運ばれたーい！」「それは絶対やめとけ！　ユラに睨まれる！」と、二人して声を張り上げつつ跳んでいる。

――なんか……平和だなって感じがする。今は少しピリピリした時期だけど、競ってるようで競ってないっていうか……やっぱりここは天国だ。

イズミの後ろを跳ぶ由良は、彼ほど高く跳べない分、跳躍回数で距離を稼《かせ》いで進む。

空には鱗雲が流れ、いつも変わらぬ位置にある太陽が少しだけ色づき始めていた。

猫の王国は常春だが、夜は秋並みに長い。暗くなるのが早いうえに夜明けも遅いのだ。

授業が終わってしばらくすると、太陽はじわじわと赤く染まり、コバルトブルーの空は徐々に赤や紫に変わっていく。

その様子を高い崖の上から眺めるのが大好きな由良は、イズミやミケーレらと共に先を急いで、着地と跳躍を繰り返した。

「ニャーン、美しいね、絶景だねえ、こんな遠くまで来たの久しぶりだよ。僕は基本的に引き籠もりだし、あんまり跳べないから自力じゃ無理だもん」

夕日を眺めるのに最も適している崖の上まで来ると、ミケーレの背から下りたオルカが満面の笑みを浮かべる。

ミケーレから、「無理ってことはないだろ、回数跳べば来られるって」といわれると眉を寄せ、「無理なの。頑張って来たとしても力尽きて帰れなくなっちゃう。消灯時間までに寮に戻らないと捜索隊を出されちゃうし、そのうちペナルティで追放されるんだから」と反論した。

「そういうわけなんで、来る時は負ぶってよね。姫抱っこしろとはいいませんから」

「しょうがねえな、まあ軽いからいいけど。中身はオッサンのくせに仔猫みたいだよな」

「オッサンは余計だし！　だいたいねえ、死亡時の年齢に死んでからの年数を足したって三十代なんだからね！　男の三十代なんて子供みたいなもんでしょーが！」

「いやいや、俺からしたら十分オッサンですよ」

「うるさい！　ネンネは黙って年上のいうこと聞いてな！」

表面的には怒鳴りつつも、オルカの口調にはミケーレに対する甘えが潜んでいた。

これまで二人を見てきた由良は、オルカがミケーレを見送る時を意識しているのを感じ取る。そう遠くないうちに、喧嘩友達のような後輩のミケーレが騎士に任命され、寮から出ていくことを、オルカは覚悟しているのだろう。三十五回生の彼は、仲間が任命される瞬間を何度も見てきて、どういう候補生が選ばれるのかをよくわかっている。

次はミケーレだと確信したうえで、少し淋しく感じているのだ。

——祝福しなきゃ……淀みない心で祝福したうえで、次は自分が選ばれたいと願って、ただひたすら頑張らないと駄目なんだ。次が駄目でも腐らずに、また頑張る。それは凄く大変なことだし、貴洋や家族のことを思うとつらいし……それに僕自身も、イズミさんと何ヵ月も曖昧な関係で……恋みたいな気持ちに歯止めをかけてて、どういう好きなのかもハッキリさせられないままで、時々しんどいけど、でも頑張るしかないんだ。

頑張れ、頑張れ……と自分にいい聞かせて前向きになり、空を見上げて笑顔など作ってみても、地の底からぬっと現れる手に尻尾を引っ張られるように後ろや下を見てしまい、心は浮き沈みを繰り返す。

この国に来たばかりの頃と、実際に半年間ここで励んできた今では、半年という時間の重みが違っていた。ミケーレが近々《きんきん》に任命されるとは限らず、ましてやその次となると、最長で今から一年半ほど先になる可能性もある。

「ねえ、なんか……嫌な感じがしない？」

崖の上から、煉瓦で作られた壁を見下ろしていた時だった。

四人の中でオルカだけが、猫耳や尾の毛をわずかに逆立て、瞳孔を開閉している。

縦長に変化する猫の長円瞳孔は、この四人の中ではオルカに限った特徴だ。

今は特に激しく閉じたり開いたりを繰り返し、ピントを合わせているのがわかる。

猫に近づいていて勘も鋭くなっているのか、オルカは肩を竦めて背中を少し丸めると、

「凄く……悪いものが近づいてきてる」と呟いた。寒気を感じているらしく、上腕を自分の手で何度も摩る。目に見えて顔色が悪くなって、唇も声も震えていた。

「オルカ、嫌な感じが強いのはどの辺だ？」

「……あっち、太陽の方みたい」

イズミは風に煽られるマントの下で短剣を掴み、すらりと抜く。

鞘の数倍長いグラスソードを形作ると、崖の上から太陽を見据えた。

由良は寄りかかってくるオルカの背中を抱き寄せ、眩しさに目を細める。

魔が近づいてきていることを状況的に察したところで、何も感じられなかった。

それはイズミもミケーレも同じらしく、オルカだけが酷く怯え、「逃げよう……これは、相当ヤバい感じがする」と訴える。

「あ……ッ」

オルカの頬とは反比例して赤みを帯びていく太陽の向こうに、由良は薄曇りを見た。

強い光のせいで目が眩んだのかと思ったが、そうではない証拠に悪寒が走る。だいぶ遅れはしたものの、オルカが感じたものを由良もようやく感じ取った。

——雨雲が……物凄い勢いで迫ってくる！

ごくりと息を呑む由良の隣で、オルカが「早く逃げようよ！」と叫ぶ。

ところがイズミに続いてミケーレも剣を抜き、切り立った崖っ縁に歩を進めた。

「緊急事態の場合は外に出てもいいんだったな」と、確認するように口にしたミケーレに、イズミは「お前は学校に戻って救援を呼んでくれ」と、即座に返す。

しかしミケーレは、「お断りだ。いくら騎士でも独りじゃ無理だろ」と反発した。

由良は二人の間に見える夕日と、その下から迫り上がってくる雨雲を見据える。

この半年間に、猫の王国は魔に十二回も襲われているが、いずれも巡邏中《じゅんらちゅう》の騎士団によって大地の果てで祓われたため、由良が魔を目にしたことはなかった。

——初めてだけど、わかる。雨雲に見えるのは……怨念だ。僕にもわかる。

突然霊感を持ち、死霊の怨念が渦巻く心霊スポットに足を踏み入れたかのようだった。

オルカと抱き合いながらも短剣の柄を握るだけ握っておくが、それ以外は何もできず、足が竦んで一歩も動けない。

「ミケーレッ！　ユラとオルカを連れて今すぐ学校に戻り、救援を呼んでくれ！　これは騎士としての命令だ！」

イズミは声を張り上げると、由良の方を顧みた。

勇ましくも不安の残る顔つきで、「ユラ、三人で逃げるんだ！」と叫ぶ。

「イズミさん……でも、それならイズミさんも一緒に！」

「魔は女王陛下がいる城を目指しながらも、猫人が多くいる場所に引き寄せられる。早く救援を呼んで祓わないと他の候補生の身が危険なんだ！　途中で食い止める猫人がいれば移動速度は遅くなるから、その間に騎士団を呼んできてくれ！」

「それは……っ、イズミさんが囮《おとり》になるってことですか⁉」

「大丈夫、ここは死後の世界だ。それに魔祓いは経験済みだから、心配しなくていい」

イズミはそういうなり崖から跳躍し、陽光を遮《さえぎ》りだした雨雲に向かう。

確かにここは死後の世界で、ここでさらに死ぬということはなかったが、怪我をすれば痛みはある。生者の時よりも遥かに治りは早いものの、転べばあちこち痛み、紙で切っただけでも血が出る体だ。

「イズミさん……イズミさん！」

由良はイズミのあとを追って加勢したい気持ちのままに、白いマントの背中に向かって手を伸ばす。オルカにしがみつかれて跳びたくても跳べなかったが、一歩でも彼の近くにいたくて、崖の縁で膝から崩れた。

「イズミさん、どうか……どうか気をつけて！」

「イズミ卿だけに任せてられない。俺が加勢するから、救援はユラが呼んでくれ」

「え……ッ、ミケーレさん！　ちょっと待ってください！」

「ミケーレ！　待って、ミケーレ！」

騎士であるイズミの命令に逆らったミケーレは、由良とオルカが止めるのも聞かずに、イズミを追って跳躍する。怯えながら怒ったオルカが、「ポイント稼ぎする気⁉　そんな場合じゃないでしょ！」と止めたが、その声が響いた時には遠くに跳び立っていた。

——ポイント稼ぎ？　魔を祓うのに協力したり足止めを手伝ったりすれば、次の騎士に任命されやすくなるってこと？

そんな考えは毛頭なかった由良は、柄を握る手に力を籠める。

クリソベリル・キャッツアイを囲む煉瓦の壁を越えて、雨雲に見える魔に向かっていくミケーレの姿を目で追った。

もしも自分に、加勢できる実力や、足手纏いにならない絶対の自信があったら、きっとミケーレと同じ行動を取るだろう。命令に逆らってでも魔に立ち向かって、イズミと共に戦うはずだ。

——でもそれはポイント稼ぎとかじゃない。ただ、イズミさんの力になりたいだけだ。ミケーレさんだってそうなんじゃないのかな？　元ライバルとして、友人として、純粋にイズミさんの力になりたいだけだと思う。

由良は二人を追って加勢したい気持ちを抑え、縋りつくオルカの背を摩った。

この状況で自分がすべきこと、できることを考え、救援を呼びにいくことを決める。

「行かないで……ッ、ユラじゃ僕を負ぶって跳べないでしょ!? こんな危険な所に僕だけ置いていくつもり!?」

「オルカさん、でも……じゃあ、どこかに隠れて待っていてください」

「それも嫌！ 独りは嫌なの！ 僕だってね、最初から騎士になる気ゼロだったわけじゃないんだよ。グラスソードだって作れてたし、頑張ってた頃もあったんだから！ でも、魔に遭遇《そうぐう》した時にポイント稼ごうとして……果敢に立ち向かって大怪我してっ、それから駄目になったの！ 受けた痛みや恐怖心が強くて、気の毒な猫への同情心を形にできなくなった！ ソードを作れなくなって！」

「オルカさん……お願いです、放してください。今はとにかく救援を！」

「行かなくていいよ！ これだけ太陽を遮ってたら騎士団が気づくし、女王陛下や番人も僕達の異常を察知するはずだし、今から救援を呼びにいっても意味ないと思う！」

耳や尻尾の黒い毛を逆立てているオルカの主張に戸惑いながら、由良は自分が取るべき行動を改めて考える。

説得の言葉が出てこなかったが、沈まぬ太陽が光を失う時間が迫っているだけに、この陰りの原因に騎士団が即座に気づくとはいい切れないと思った。

オルカの言葉を鵜呑《うの》みにはできず、かといって恐怖のあまり腰が抜けている彼を置いていけなかった由良は、身を屈めてオルカを背負う。

「ユラ、どうする気⁉」

「歩数を稼いでなんとか戻ります。前傾《ぜんけい》姿勢が取れるよう、しっかり掴まってください」

「本気なの⁉　跳べるの⁉」

「なんとか頑張ります。ここにいたら足手纏いになりますから」

由良はオルカの両脚に手をかけると、負ぶったまま少し前屈みになった。

体格的な事情により他人を背負って高く跳躍する力はないが、まったく跳べないというわけではない。小刻みに跳んで少しずつ進み、番人が異常を感知しやすいよう、なるべく学校に近づけば救援を呼べると思った。

──本当は……僕も魔に立ち向かいたい。まだ一度も触れたことがないし、怖いことは怖いけど、イズミさん達を置いて逃げることに比べたら怖くない。

オルカを負ぶって跳んだ由良は、魔に背を向けて崖を下っていく。

後ろ髪を引かれる苦しさに耐えながらも、自分の選択を信じた。

ところが平地に着地して次の跳躍のために構えた瞬間、鈍い悲鳴を耳にする。

──ミケーレさんの声⁉

一緒に振り返ったオルカが、「ミケーレ！」と叫ぶ中で、由良は声もなく目を瞠った。

雨雲に姿を変えた魔が、信じ難い速度で迫っている。頭上は巨大な闇に覆い尽くされ、そこから飛沫《しぶ》く雨粒に頬をバチバチと打たれた。瞬く間に全身がずぶ濡れになる。

「もうこんなに近くまで……っ」

あまりにも移動速度の速い魔に愕然《がくぜん》とした由良は、暗雲の一部が具現化《ぐげんか》して、イズミやミケーレを捕えているのを目にした。

黒く太い触手のように動くそれらは、不幸な猫の怨念が作りだす尾と考えられている。爪や牙、稀に猫の顔そのものが出現することもあるが、いずれにしても騎士はそれらを上手く利用して、逸早《いちはや》く魔を祓う術を持っていた。

そういった基礎知識が今の由良にはあったが、初めて目にした魔の迫力に圧倒されて、何もできずに言葉を失う。

魔祓いの経験がないミケーレもまた、苦戦を強いられていた。

胴体と右腕を暗黒の尾に捕らえられ、まともに剣を扱うことができていない。

「イズミさん！　ミケーレさん！」

蠢く尾に捕らえられているのはイズミも同じだったが、彼はグラスソードを逆手に握り、尾に突き立てる。刃の性質を利用して自分の体ごと断ち切り、浄化を進めていた。

尾から解放されるとすぐさま別の尾に捕まるが、これもまた、効率よく魔を祓うための騎士の定石《じょうせき》だ。

猫人は跳躍力が優れているが、宙に浮けるわけではないので滞空時間は短い。

そのため魔が大地に下りる前に祓う場合は、あえて捕まって宙に居座り、そこで怨念の集合体を少しずつ切り崩す。

イズミに切られた尾は周りの暗雲と共に霧散して灰色に変わり、やがて色をなくすと、風の中に消えていった。この浄化行為を続けることで魔を祓い、猫人が襲撃されたり城が闇に覆われたりするのを防げるとされているが、イズミ独りでどうにかできる大きさには見えなかった。ましてや、空中にあって捕らわれつつ戦う身では、ミケーレを助けるのは不可能に思える。

「オルカさん！　やっぱり少しだけ我慢してください！　ミケーレさんの右腕を掴んでる尾だけでも祓ってきます！　そうすればきっと、また動けると思うんです！」

暴風に晒されながら叫んだ由良に、オルカは「うん、行ってあげて」と答える。

嫌がるかと思ったが、自ら地面に下りて由良の肩をぐっと押した。

「あんなんじゃ、ポイント稼ぐどころかイズミ卿の足手纏いになって最悪だし。アイツの実力なら本当は役に立つはずだから……手伝ってやって」

「はい、行ってきます！　オルカさんは隠れていてください！」

由良は全身に降り注ぐ雨の中を走り、崖を駆け上がる。

向かい風が強かったが、単独なら高く跳べる自信があった。

イズミのように魔を次々と祓う力はなくても、イズミの役に立つミケーレを解放して、間接的に手助けできるかもしれない。

そう思うと恐怖もどこかへ飛んでいって、思い切り助走することができた。

崖っぷちまで来て、足裏でしっかりと地を踏み締めた由良は、全力で跳躍する。

グラスソードを手に、ミケーレのいる雨雲の中央に頭から突っ込んだ。

まるで強いシャワーを顔面に浴びているかのようだったが、目的を失わないよう、瞼を閉じはしない。ミケーレの右腕を捕えている暗黒の尾に向かって、剣を突き立てる。

「ユラ！」と、イズミとミケーレの声で呼ばれた。

どちらの声も制止の色が強かったが、由良はそのまま突き進む。

ミケーレの右腕に絡みつく暗黒の尾を刺した瞬間、雷に打たれるような衝撃が走った。

初めて触れた魔の意識が、体を通じて脳に届く。

虐待により殺された猫達の恐怖心と、人間に対する憎悪は受容できないほど凄まじく、由良が作ったグラスソードはたちまち歪み始めた。

「ニャァ……ッ、ゥ……！」

彼らへの憐憫によって作った刃が、霧となって消えかける。

強い同情心も、来世の幸福を願う気持ちも未だ胸に燃えているにもかかわらず、彼らの苦痛に対して、こんなものでは足りないという猛省《もうせい》が、由良の自信を萎えさせた。

魔を祓うための刃が見る見る霧散し、短剣ほどの長さになっていく。

一度は刺したものが抜けてしまったが、由良は短い刃を再び刺した。

——どうか、僕達を信じて！　酷い人間ばかりじゃないから……こうして、猫の幸せを願ってる人間も、確かにいるから……お願い、信じて！

両手で柄を握り締め、魔の一部である尾に祈りの念を注ぎ込む。

彼らが受けた苦痛に対して、自分の理解が足りないのは重々承知していた。

それでも精いっぱいの愛を籠めて、生まれ変わった先の幸福を願い、人間の一人として心から彼らに謝罪する。

ごめんなさい、ごめんなさい、どうか次こそは愛に恵まれて、幸せに——切にそう願い続けた末に、由良は色を失っていく尾と、動きだすミケーレの右腕を見た。

目の前の暗黒の尾が、形を失って完全に霧散する。

ミケーレはその隙を逃さず、自分の胴に巻きついていた尾にグラスソードを突き刺すと、解き放たれた全身をしならせた。

「ミケーレさん！　あとはお願いします！」

「ああ、任せておけ！　恩に着るぜ！」

「——ッ、ユラ！　危ない！」

魔に捕らわれることなく重力に従う由良は、背後から迫るイズミの声を耳にする。

落下しながら振り返ると同時に、具現化した黒い尾を飛び石のように蹴って跳んでくる彼の姿が見えた。超人的に器用で身が軽く、そんなこともできるのか……と感心したが、ぼんやりしている暇はない。魔が大地に向かって沈み込み、由良を追ってくる。

——雲の中に、何か見える……あれは、猫の……顔？

黒煙のような雲に姿を変えた魔の中から、猫の顔と思《おぼ》しいものが現れるのが見えた。ただし確信は持てない。怒りの形相で牙を剥く猫に見えたが、暴風雨に視界を遮られ、正確に見て取ることも避けることも適わなかった。

「ユラ——ッ！」

イズミが一際大きく叫び、勢いよく跳躍した次の瞬間——由良は黒い牙を剥く真っ黒な猫の顔と、振り上げられる前脚を目にした。

死神の鎌が連なったようにも見える爪が空を切り、由良の体を掠める。

痛みより先に訪れたのは、左脇腹の皮膚と肉を切られた感覚だった。

「ニギャ……あぁ——ッ」

まともに当たらずに掠めただけで済んだのは、襲いくる暗黒の爪よりも、イズミの方が速かったからだ。

落下途中でイズミに腕を掴まれ、軌道を変えてもらえたおかげで直撃を避けられた。

「ユラッ！」

大地が目前に迫っていたが、由良は自力で着地姿勢を取ることができない。

体勢を把握することさえ儘ならず、気づいた時にはイズミの腕に抱かれていた。

普段は大して感じない着地の衝撃が骨身に沁みて、脇腹の傷から血が噴きだす。

同時に口の中を切ってしまったらしく、口内が血で満ちていった。

「ユラ……ッ、しっかりしろ！　ユラ！」

雨とは違って生温かく、ぬるりとした感触の血液が流れていく。

イズミの悲痛な声に加えて、オルカやミケーレの声も聞こえてきた。

一様に心配してくれているのが伝わってきたが、イズミだけは本当に切羽詰まった声を振り絞っていて——そして何故か、「死なないでくれ！」と叫んでいる。

それは些かおかしな言葉だった。ここは死者の世界であり、天国の一角だ。

ここでさらに死ぬことはないのに……流れる血はやがて止まり、負った傷も跡形もなく治るだろう。それがわかっているにもかかわらず、まるで生者の世界の出来事のように、彼は必死になっている。

——泣いてる……イズミさんが、雨に紛れて泣いてる。

ユラ、死なないでくれ、しっかりしてくれ……ユラ——我を忘れたように嗚咽しながら声をかけてくるイズミに、由良は言葉を返そうとした。けれども口を動かそうとすると、血ばかり溢れて声にならない。

大丈夫ですから心配しないでください、お怪我はありませんか——といいたくてもいえなくて、ただ見つめるばかりになった。雨のせいか涙のせいか判別がつかないが、精悍なはずの顔は強《したた》かに濡れて、死を恐れる暗い影が差している。

抱かれている由良の方が慰めたくなるほど痛々しく、見ているだけで胸が潰れるような苦痛に満ちていた。

——イズミさん、心配かけてごめんなさい……でも、どうしてそんなに？

ぎゅっと抱き締められているうちに意識が遠退いていき、由良はイズミのマントの裾を掴む。今になって恐怖が押し寄せてきたが、空から聞こえたのは救いの声だった。

「イズミ！　待たせたな！」

天高く跳躍した騎士団が、魔を祓うために一斉に集う。

これでもう、心配は要らない。イズミもミケーレもオルカも自分も助かり、学校にいる候補生が魔に襲撃されることもない。

あまりにも不幸な猫達の怨念は生まれ変わって、次こそは幸せになれるだろう。

ここにいる誰もが祈っていることだから、おそらく……否、必ず叶うはずだ。

10

猫の王国が魔の襲撃を受けた日の夜、滅多に具現化しない猫の顔を目にした挙げ句に、暗黒の爪で負傷した由良は、中庭の片隅《かたすみ》に建つ離れ屋のベッドにいた。

安静にしていれば完治する身とはいえ、痛みや発熱による苦しさはある。

療養に適した静かな離れ屋で過ごすことを番人に勧められた由良は、大袈裟にはしたくないと思いつつも甘えることにした。

痛み止めの薬湯《やくとう》を飲んだことで傷の痛みは消えても、禍々しい怨念に満ちた猫の顔や、襲われた時のショックは遅れてやって来て、眠りに落ちるたびに悪夢として蘇る。

夜になると熱が上がり、やはり離れ屋に移ってよかったとしみじみ思った。

寮の右隣の部屋のシェリーは、騎士任命の時を意識して近頃大人しいが、左隣のケイは騎士の座を狙っていないため、毎晩のように恋人を連れ込んでいて騒がしいのだ。

ここはとても静かでいい。番人が持ってきてくれた二度目の薬湯のおかげで熱もだいぶ下がり、一時はつらかった呼吸も楽になった。

ただし、少し静か過ぎて淋しくもある。ここにイズミが見舞いにきてくれたら、あとはもう何も要らないと思った。贅沢だとわかっていても、会いたい気持ちが募る。

——イズミさん？

彼のことを考えていたせいか、月光の射す床にイズミのシルエットが浮かんで見えた。まるで影絵のようだ。いつものマントをつけていないため、体型はもちろん、猫の尾の影までくっきり見えて、イズミだとわかりやすい。

夢か幻かと疑いながらも現実であることを祈った由良は、横たわった姿勢のまま、天蓋ベッドのドレープに手を伸ばした。少し持ち上げ、中庭に続く大きな窓に目を向ける。

硝子の嵌った格子窓がいつの間にか開いていて、窓辺にイズミが立っていた。

黒い猫耳と尻尾が動き、影も一緒になって動く。夢でも幻でもなかった。

ああ、本当に来てくれたんだ——そう思うだけで涙が溢れそうになる。

自覚していた以上に彼に会いたがり、彼を必要としていたことを痛感した。

「イズミさん、様子を見にきてくれたんですか？」

嬉しくてたまらず、由良は身を起こそうとする。

するとすぐに、「そのままで」と止められた。向こうから来てくれる。

騎士姿の彼の靴音が響いた。カツカツと鳴る音すらも愛しい。

この離れ屋は番人の部屋に似ていて、緑が多かった。

そのため部屋に踏み込むとせっかくの美しいシルエットが植物の影に紛れてしまうが、影の主であるイズミ自身は、幻想的なほど煌めいて見える。

「イズミさん……」

ベッドの横まで来て佇んでいる彼の表情は、苦しげで不安に満ちていた。

それでも世界中で誰よりも美しく魅力的に見えるのは——実際に見目のよい人だからというだけではなく、自分にとって彼が特別で、彼に恋をしているからだ。

まだ騎士になれてはいないけれど、この気持ちだけはきちんと認めようと思った。

こんなにキラキラと美しく、温かく誇らしく、心から大切に思える気持ちを、無理やり押し殺したり否定したりする意味などない。

「イズミさんは、本当に怪我とかなかったんですか？」

「ああ、大丈夫だ。俺の心配なんかするな」

「助けてもらった僕がイズミさんの心配するなんて失礼な話だとは思ってるんですけど、それでも心配になるんです。イズミさんのことが好きだから」

「ユラ……」

「まだ騎士になれてないのに、先走ったことをいって、ごめんなさい」

由良は確信した恋心を受け入れ、仰向けに寝たまま微笑む。

彼が無事でよかったと、心から思った。そして自分も、無傷とはいえないが、イズミのおかげで大した怪我を負うこともなく済んで、本当によかったと思う。

こうしてすぐにイズミと会えて、話せる状態にあることに感謝した。

死に別れることはないと承知していたとはいえ、ありがたく思わずにはいられない。なんの準備も心構えもなく、十六歳で突然の死を迎えてしまい……貴洋や両親、弟には会えないことを考えると、イズミとこうしている今は幸せだった。

騎士になれたところで、最長一時間しか会えない人達――結局は別れなければならない大切な人達の顔を次々と思い浮かべると悲しくなり、いつでも涙を流せるが、今はそれを封じておく。

イズミとこれからもずっと一緒にいられることだけを、見つめていたかった。

「大袈裟かもしれないけど、また会えて嬉しいです」

手を伸ばすと、求めた通りに受け止めてもらえる。

そっと包み込まれて、指を絡め合う形になった。

薄明りの中で視線や指を繋げていると、気持ちも繋がる。

自分がイズミを好いているように、彼も自分を好いてくれていると感じられることが、この上なく幸せだった。

「ユラ……俺は、お前に嘘をついた」

「――はい」

「生きていた頃の記憶、消してもらったというのは嘘だ。俺は罪を犯したから、どんなに思いだすのがつらくても、それを消す気はない。忘れるなんて許されないんだ」

「罪を、犯したんですか？」

記憶を消したのが嘘だという告白には、それほど驚かなかった。

半年の間にいわゆる襤褸《ぼろ》を出すような失言は見られなかったものの、なんとなくだが、記憶を失った人とは思えない節があったからだ。

イズミが以前も口にしていた「罪」という言葉は、生前の記憶に絡むもので……そこには他人が踏み込んではいけない事情があるのだと察していた。思いだすのがつらいといっている彼に、こうして問いかけるのが正しいか否かもわからない。

「生前に、凄く、好きな人がいたんだ。でも俺は、それを認められなかった」

「……どうしてですか？」

「相手が同性だったから」

「──同性……」

猫の王国で半年過ごした影響もあり、由良は生きていた頃のイズミの気持ちをすぐには理解できなかった。

何が問題だったのか、気づくまでしばしの時間を要する。

三大欲求の一つがなくなっているうえに、生殖機能も失っている猫人は、娯楽の少ない世界で恋愛とセックスを愉しむ傾向があった。特に騎士候補生は異性との縁がないため、クリソベリル・キャッツアイの中では、同性との恋愛が自然かつ日常的になっている。

「俺は、普通でありたかった。誰にも後ろ指を指されない、穏当な人生を歩みたかった。相手が、俺の……欲望に塗れた想いを受け入れてくれるとは到底思えなかったし、信頼を失って嫌われるくらいなら、自分から去って逃げたかった。普通じゃない人間になるのが怖くて、傷つくのが怖くて……保身《ほしん》のために好きな人を傷つけたんだ」

夜目にも輝く黄緑色の瞳が濡れて、涙をこらえているのがわかる。

イズミの告白を聞いているうちに、由良は日本人としての感覚を取り戻した。

彼は由良と同じ国の出身であることを出会った時から認めており、泉貴洋の親戚である可能性が高い。

生前のイズミは、貴洋に勝るとも劣らないほど優秀で将来性が高く、一点の曇りもない人生を歩める人間だったのだろう。

ＬＧＢＴと呼ばれる性的少数者の地位が向上し、先進国では彼らを差別してはならない風潮が広がって、差別的な言動に及んだ公人が世界中から非難される世の中になったが、誰もが心の底から受け入れているとは考えにくい。

差別すると軽蔑《けいべつ》されるから、本意ではないけれど歓迎している振りをしたり、気にしていない振りをしたりしている人も多くいるだろう。由良自身も、偽ラブレター事件の際にゲイのように扱われて不快に感じ、強く否定してしまった過去がある。

「イズミさん、座ってください」

由良はイズミの罪と悔恨に共感して、彼の手を引いた。

ベッドマットの端に座らせ、逆に自分は起き上がる。

イズミの髪に手を伸ばし、滑らかな黒髪を撫でてから猫耳に触れた。

ぴくんと弾けてからぷるぷる震えるそれは、艶やかで手触りがいい。

薄い耳に短い毛が密集していて、いつまでも撫でていたい触り心地だった。

「僕は……十六で死んでしまって、生きている間は同性にも異性にもそういう感情を持てなかったから、イズミさんの苦しさを本当に理解することはできないと思います。でも、もしも今、イズミさんを好きになったこの気持ちが、他の人から差別されて嗤われたり、親しい人から強く反対されたり、その先の人生にマイナスになることばかりだったら……苦しくてたまらないと思います。そういう障害を乗り越えて想いを貫き通すのは、生きている人には凄く勇気が要ることだし、片想いの状態だったなら、なおさら……逃げても仕方ないくらい厳しい試練だと思います。『イズミさんのことが好きだから、僕なら絶対に逃げない』なんて、いい切れません。生きてる人にとって人生は一度きりだから、慎重になるのも怖くなるのも当たり前だと思います」

イズミの苦しみを和らげたくても、説得力や重みのある言葉が見つからず、由良は拙い慰め方がもどかしくなる。人生経験の浅い自分の頭で想像して、イズミの痛みに添って、彼が「罪」だと捉えている過去の行いを、肯定《こうてい》することしかできなかった。

「今も罪を犯し続けているって、以前いってましたね。今は同性愛が普通のことみたいな世界なのに、それでも罪なんですか？」

涙をこらえているイズミに問いかけると、彼は由良の手の中にある猫耳を伏せる。

何をどう語るべきか迷い、考えている様子のイズミを、由良は黙って見つめ続けた。

そうしているうちに尾が動いてしまい、慰めたい気持ちのままイズミの尾に絡みつく。

「好きな人に、好きだといえずに罪を犯した俺が、死んでこの世界に来たからといって、好きな人に、好きだとか……告げる資格はないと思っていたから……無垢で何も知らないユラに、好きだなんていえなくて」

茶トラの尾が触れた黒い尾は、イズミ自身の意思とは裏腹な反応を見せた。

イズミが顔を背けても、尾は由良の尾を受け入れて絡み合う。

力の籠った先端が複雑な動きをして、互いの尾を繰り返し撫でた。

時に逆撫でするのも気持ちがよく、お互いに尾の動きを止められない。

「イズミさん……生きてる時に、好きな人に……好きっていえなくて、好きだってことを認めることもできなくて、後悔してるなら、今は認めてください。僕は……イズミさんが過去に誰を好きでも、どんな罪を犯していても、いいんです」

「ユラ……」

「今は僕のこと、好きでいてくれるなら……好きだって、いってほしいです」

いくら生前よりも見栄えがよくなっているとはいえ、イズミのような人に自分なんかが好かれるわけがないと——何かの間違いだったり思い込みだったり、好きは好きでも師弟愛に過ぎないのではと考えてしまう卑屈な自分を全身全霊で押し殺し、由良は有りっ丈の勇気を出す。

違ったらどうしよう、どうしよう……と思うあまり心臓が割れんばかりに鳴っていて、不安による鼓動は恋のときめきにも劣らなかったが、ここで勇気を出さなくては前に進めない気がした。それほどにイズミの傷は深くて、ぼんやりしていては踏み込んできてくれない。心の扉を全開にして迎え入れなければ、きっと何も始まらないのだ。

「今はまだ、いえない」

「イズミさん……」

「愛しているとしか、いえない」

悲痛な祈りのように告げられて、唇を塞がれる。

好きだといわれることを望んだら、愛しているといわれて——自分にとっては驚くほど素晴らしいことなのに、彼にとっては不足なのだとわかった。本当はもっと他に、重要なことがあるのだ。いいたくてもいえないことが、彼の中にはある。

「ん、ぅ……」

「——ッ」

捏ねられるようなキスを通して、由良はイズミの唇の弾力を知った。熱いほどの温もりや、潤いも感じられる。口唇《こうしん》の向こう側にある歯列の硬さも、上下の唇の間で躊躇いがちに進退を繰り返す舌の存在も感じられた。

「……ぁ、ぅ」

遠慮が感じられるキスが続き、それに反して二本の尾は執拗に絡み合う。

本当はすべてを知りたくて、何もかも打ち明けてほしくて仕方なかったけれど、それがイズミにとって難しいことなら、今は「愛している」という言葉だけで十分だった。

すでに心は浮足立ち、体は火照り、過分な幸せに全身の細胞が踊りだしている。

——そういう意味で好きでいてくれるってわかったから、もう十分だけど……でも……

このままもっと、キスしてほしい。恋人みたいに、触ってほしい。

呼吸のために口を開くと、イズミの舌が滑り込んでくる。

そうせずにはいられないとばかりに性急な動きで、両肩を掴まれた。

ベッドに押し倒されると同時に、口づけが深まる。

少し前まで躊躇っていたのが嘘のようだった。滑らかに動く舌に、口内を探られる。

「ん……ふ、ぅ」

歯列をなぞられ、緊張する舌を起こされて、頬の内側を突かんばかりに舐められた。

「——ン……」

口角から唾液が零れてしまい、恥ずかしいのに拭えなかった。

まるで撹拌《かくはん》されているかのようで、初めてのキスに翻弄される由良の頭の中も、すぐに蕩けて朦朧《もうろう》としてしまう。熱の影響も少しはあるかもしれないが、それは些細なもので、イズミの舌や唇のせいで正気を失いかけていた。

「は、ぁ……ッ」

きゅっと結ばれるように絡む尾から、これまで知らなかった快感が走る。

イズミの右手が顔に向かってきて、ヒトとしての耳やフェイスラインに触れられると、それらすべてが性感帯に変わっていった。どこを触られても気持ちがよくて、猫のようにゴロゴロと喉を鳴らしたくなってくる。

「ニャ……ァ、あ……っ」

実際に鳴ることはなくても、つい伸ばしてしまう喉元に、イズミの唇が触れた。

白い寝間着の釦《ぼたん》が外され、鎖骨《さこつ》や胸が露わになる。

散りそうな意識を集めて視線を下げると、胸の突起《とっき》まで露わになっているのが見えた。

月の明るさを消してしまいたいほど恥ずかしく、自分がこういうことをしている事実に怖くなる。けれどもそれを上回る勢いで、イズミに求められているのが嬉しかった。

「フ、ニャ……ァ」

「――ッ、ン」

イズミのキスを肌に受け、仄《ほの》かに色づいた乳首を吸い上げられる。

どこに触れられても気持ちがよかったが、そこは格別に刺激的だった。

脚の間にある物と神経が繋がっていて、つきんとした痺れが瞬時に伝わる。

――あ……まだ、触られてもいないのに……。

師弟愛でもなく、遊びでもなく、恋しい人を求める気持ちが形になっていた。

寝間着と下着を内側から押し上げる性器は、尾と同じくらい正直で、いうことを聞いてくれない。

せめてもう少し慎ましくしてほしい主の希望を裏切り、胸の突起を一舐め一吸いされるごとに、ぐぐっと硬くなって存在感が増してしまう。

「や、ぁ……ッ」

隠しようがなくなっている昂《たかぶ》りを寝間着の上から撫でられ、由良は尾を振り上げた。

恥ずかしさのあまりイズミの尾に絡めてはいられなくなり、シタン、シタンッ……と、シーツの上からベッドマットを叩く。同時に爪先をシーツに突き立てた。攣《つ》りそうなほど反らした足で、ぐるぐると円を描くように掻き乱す。

「あ、そんな……とこ……」

ズボンの中にイズミの手が忍び込んできた。下着ごと下ろされる。

外気に晒されたことで、由良は自分の性器が濡れていることに気づいた。

途端に隠したくなって膝を閉じても、間に合わない。

イズミは怪我を気遣って体重をかけないようにしながら、真上に覆い被さってきた。

ああ、男の人の顔をしている——そう感じて、胸が熱くなる。

好きになった人から、性愛を伴う愛情を向けてもらえることが、こんなに嬉しいなんて思わなかった。恥ずかしさは相変わらずあるけれど、やはり嬉しい。

「ニャ、ッ……や、ぁ！」

とても大きな手で、長い指で……性器に直接触れられた。

ズボンや下着の尻尾穴から抜けだした尾が、再びパシパシとマットを叩く。

いくら未経験でも、こういうことをする時は体のあちこちに触れ合うものだとわかっているのに、とんでもないことをされて嫌がっているような反応を見せてしまった。

呼吸と共に「や」の音が何度も零れ、否定と取られそうで怖くなる。

「ユラ……この反応を、信じていいのか？」

「あ、ぁ……ッ、ま……待って……」

由良の心配を余所に、イズミは正しく理解してくれたようだった。

恥じらいからくる由良の否定的な声ではなく、体の反応を信じて行為を続ける。

もしもいやらしい子だと思われたらどうしようかと、それはそれで心配だったが、どう思われようと、嫌がっていると誤解されるよりは遥かによかった。

今、何よりも伝えたいのはイズミのことが好きだという気持ちで、それさえ伝わるなら他のことは後回しにできる。

「う、ぁ……ゃ」

クチュクチュと音が立つほど性器を扱かれると、体が勝手に抗いだす。

尻尾も爪先も、じたばたと暴れて落ち着かなかった。特に尻尾は酷いもので、イズミの背中に向かうなり、叩くように動いてしまう。

「ふ、ぁ……ッ」

性器を指や掌で撫でられ、強弱をつけて握られた。

その状態で上下に擦られる快感は凄まじく、由良はどうしてよいかわからずにひたすら耐える。精通は迎えていたものの自慰の経験すらない由良には、どうするのが正解なのか本当にわからなかった。

「ん、ぅ……イズミ、さ……っ」

「ユラ、そんなに緊張しなくていい。こらえる必要もない」

「——は、ぃ」

少しでも気を緩めたらすぐに達してしまいそうだったが、このまま耐えるべきなのか、流れに任せて射精するのが望ましいのか、自分で判断できない由良は、イズミから答えを与えられる。

ああ、こらえなくてもいいんだ——と知ったところですぐに解放できるものでもなく、制御不可能な状況に変わりはなかった。

「え、ぁ……な、何を……」

渦に呑まれるような快楽に打ち震えていると、イズミが頭の位置を下げる。

奮い立つ性器を見られるのも、それに触れられるのも、すべてが大変な出来事に思える由良の視界の中で、イズミは想定外の動きを見せた。月明りを弾くほど濡れた性器に顔を近づけ、唇を緩やかに開くや否や、そこから出した舌を先端に寄せてくる。

「……ぇ、あ！」

まさかと思っているうちに、舌先が当たった。

目で見ているだけでは嘘のようだが、現実に今起きていることだ。過敏なところで舌の濡れた質感や熱っぽさを感じると、自分がされていることを実感する。

「く、口で？」

嘘でも夢でも間違いでもないらしく、言葉にするなり視線を返された。

上目遣いで顔を見られながら、恥ずかしいしずくを舐め取られる。

「ニャ、ぁ……」

「——ッ、ン」

口腔につぷりと呑み込まれた瞬間、膝が大きく震えた。

ガクガクと音が聞こえそうなほど震え、両脚が羽ばたく動きを見せる。

足の先まで隈なく力が入りかけたが、一瞬の緊張を抜けたあとは、これまでの強張りが嘘のように解れていった。

「あ、あ、ぅ……」

イズミの唇に挟まれて、上下から圧をかけられる。

柔らかく熱い粘膜《ねんまく》に包まれる感覚は、かつて経験したことのないものだった。

洗浄のために手で触れても、シャワーの湯をかけても、偶然何かで摩擦しても、こんな快感は決して得られない。

緩急をつけて、時にきつく締めつけられるのは想像を絶するほど刺激的で、それでいて優しかった。

「い、あ、ッ」

いい、いい……気持ちがいい——と、はしたなく口にしそうになった由良は、歯を食い縛ってから唇を引き結び、その反動でまたしても膝をガクガクと震わせる。

「ん、う……ぁ!」

「——ッ、ク……」

性器の大部分は粘膜に吸い込まれ、ぬるりと途中まで抜かれたかと思うと、鈴口を舌で穿《ほじく》られた。肉に通った管ごと抉《こ》じ開けるように、舌の表面や先端で刺激される。

「……い、ぁ……！」

いい、と口にするのは恥ずかしいと思っていても、言葉が漏れつつあった。

羞恥も我慢も何もかも崩れて、気持ちがいいとしか感じられなくなる。

茶トラの尻尾の動きも変わり、イズミの体に擦り寄り始めた。

――こういうことするって、知ってはいたけど……。

粘膜と粘膜が擦れ合い、体液と唾液が混ざり合う音がする。

他の誰かが立てているなら、いやらしく不快な音だと感じるだろうに――今はまったく違う印象を受けた。自分とイズミがしている行為を耳からも認識して、より興奮する。

「あ、も……ぅ」

誰にも見せない裸を見せ……ましてやベッドの上で脚を開いて、昂った性器をイズミの目に晒している現実がここにある。

クチュクチュと音がしているのも、気持ちがいいのも、こらえてもこらえても、絶えず喘ぎ声が漏れてしまうのも現実の出来事だ。

「は、ふ、ぁ……！」

はち切れそうなほど膨張《ぼうちょう》したところを何度も舐《ねぶ》られ、喉に向けて深く吸われる。

性行為の一つとして一応知ってはいたものの、身に降りかかるとは思ってもいなかった行為の果てに、由良は官能的な眩暈《めまい》を覚えた。

「や、ぁ……イズミ、さ……離れ……っ」

手を汚すことすら抵抗があったのに、このままではイズミの口に出してしまいそうで、それだけは避けたいと思う。なけなしの理性が、辛うじて働いていた。

「ニャ、ァ……！」

「――ッ」

離れてと意思表示しているのを無視するように、閉じかけた膝を開かれる。限界まで呑み込まれた時にはもう、何も考えられなくなっていた。

眩暈の段階を越えて、たちまち溺れて気が遠くなる。

「く、ぁ……あ、ぁ――……ッ」

耳の奥で、自分の嬌声《きょうせい》が木霊《こだま》した。

腰を起点に脈動が駆け抜け、生きる悦びを感じる。

これまでの人生で最も気持ちがよくて、好きな人に好きでいてもらえる嬉しさや恋する悦びを全身で感じているのに……幸せなのに、実際には二人とも死者であることが、少し切ない夜だった。

11

夜が明けて、瞼が太陽の光を感じ取る。

猫の王国で暮らしていることを認識しながらも、由良は何故か生前に暮らしていた家の自室をイメージしていた。

そのせいか、スズメの鳴き声が聞こえてくる。

猫の王国にスズメはいないので、夢を見ているのだとすぐにわかった。

生前はよく、由良の部屋のベランダにスズメが来ていた。

それを羨ましがる弟の紗良が、朝から部屋に入ってくることが頻繁にあり、二人で硝子越しにスズメを眺めたりした。

アレルギーを持つ父親の体を慮り、ペットを飼うのを諦めていた由良と紗良にとって、スズメに餌を与えるのは密かな楽しみだった。目覚まし時計が鳴る前にスズメの声で目が覚めた朝は、なんとなく明るい気分になれたものだ。

自分がいなくなった今でも、紗良はスズメに餌を与えているだろうか。兄が自殺したと誤解しているせいで、あの部屋に入れなくなっていたり、性格が暗くなってしまったり、荒んだりしていなければいいが――実際はどうなっているのかやけに気になる。

ずっと貴洋のことばかり考えてきたが、今は弟に会いたい気分だった。

——あ……紗良？　そこに、いる？

これは夢だと認識していたのに、現実との境界が曖昧になる。

目を覚ました時にベッドの近くにいるのは、弟以外に考えられなかったせいだ。

カーテンの隙間からベランダを覗く弟が振り返り、「スズメ来てる」と声を潜めて静粛を促してきて、由良は寝惚け眼で窓に向かうのがお決まりだった。

「ユラ……大丈夫か？」

紗良ではない大人の男の声に、由良は全身で反応する。

スズメの鳴き声は消え、夢は唐突に終わりを告げた。

横になったまま瞼を上げると、猫耳がついたヒトの頭のシルエットが見える。

もういちいち驚かない、不思議だとも思わない。

ここでは至極当然のもので、頭に猫耳がついていない人に会ったら、逆に吃驚しそうなくらい見慣れていた。

——イズミさん……え、なんでイズミさんが？

ベッドのすぐ横に座っているのがイズミだと気づくなり、由良は思いがけない出来事に混乱する。

こちらの方が夢のようだが、しかし紛れもない現実だ。

真新しい記憶が次々と湧き上がって、夢など見ている場合ではないことに気づいた。

初めて魔に遭遇した恐怖や、想像以上に凄まじかった不幸な猫の怨念、具現化した黒い爪や牙に襲われ、怪我をした時の痛みと衝撃——そういった禍々しい記憶の向こうから、甘酸っぱい記憶が顔を覗かせようとしている。

「どこか痛いところは？」

「イズミさん……あ、昨日……」

どことなく恥ずかしそうにしているイズミの顔を見つめていると、淡い桃色に染まった一夜を思いだした。

キスの感触が唇に蘇る。

つくづく夢のようだと思わずにはいられないが、やはり夢ではない。

その証拠にイズミは口元を片手で覆い隠し、顔ごと視線を逸らした。

本当に恥ずかしがっているのだとわかる。

見ている自分も恥ずかしくて、体の内側でボッと火が点いた。

イズミが手で隠している唇と熱烈なキスをしたのだと思うと、顔も体も熱くなるのに、そのあとの行為を思い返すと冷や汗が滴りそうだった。

「あの、僕……あの、えっ……と……」

急いで辿った記憶は、イズミに口でされたところで止まっている。

その先どうなったのか思いだせず、大変な失敗をしたんじゃないかと不安でたまらなくなった。あまりにも気持ちがよ過ぎた愛撫のあと、どうなったのか。失礼がなかったか、最後までしたのかしていないのか、いくら考えてもわからない。

しかし今、イズミは「どこか痛いところは？」と訊いてきた。

男同士でも初めての時は痛かったりするのだろうし、最後までしたからこその質問ではないかと思えてくる。

「い、痛いこと……しました、か？」

「いや、怪我についての話だ」

「怪我？　あ、えっと、痛くないです……浅い傷だったし、ほとんど治ったみたいで」

「それならよかった。あれ以上のことはしてないから、心配しなくていい」

「――っ、ぅ」

あれ以上のあれとは、どの行為を指しているのか訊きたくても訊けない由良は、枕から浮かせた頭を両手で抱えた。

おそらく口でしてもらったまま達してしまい、ふっと気を失ったのだろうと思ったが、その瞬間のことや後始末のことを考えると、今もまた気を失いそうになる。

むしろ失えるものなら失いたいくらい、イズミに申し訳ないやら自分が情けないやら、居た堪れなかった。

「す、すみません……すみません……っ」

自分はイズミの口に、射精してしまったのだろうか。

それはどうなったのか、ちゃんと吐きだしてくれたのだろうか。

一度は脱いだ寝間着を今きちんと着ているのは、イズミが着せてくれたからなのか……

その時の自分は、もしかしたら涎《よだれ》を垂らしてだらしなく寝ていたのではないか。

何よりイズミの欲望は、どうなったのか――。

「そんなに考え込まなくていい。昨夜は、無理をさせて悪かった。怪我をしていたうえに熱もあったのに、自制が利かなかった」

「あ、謝らないでください。せっかくイズミさんが……そういう気持ちを向けてくれて、嬉しかったのに……寝ちゃった僕が悪いんです。それに怪我の方は、イズミさんが助けてくれたおかげで本当に大したことなくて、熱も微熱《びねつ》くらいだったし、全然……もう、全然まったく、問題なかったです」

昨夜のことを思いだすことも話題にすることも、由良にはこそばゆい話だった。

それでも、イズミの想いに触れて幸せだったことだけは伝えたくて……イズミに二人の関係が進んだことを後悔してほしくなくて、自分なりに言葉を尽くす。

「――ありがとう」

朝の光の中で、イズミは少しだけ顔を綻ばせた。

何かいいたげな唇が、笑みとはいい切れない動きを見せる。

抑えた表情に代わって、黒い尾の先がベッドの上にそっと乗ってきた。

由良はイズミと目を見合わせながら、茶トラの尾を這わせて彼の尾に絡ませる。

そうしていると、ようやくイズミの手が動きだした。

猫耳に触れられ、耳の毛繕いをしてもらったあとで、寝癖のつきやすい猫っ毛を丁寧に解される。さらには頬を撫でられて、「ユラ」と名前を呼ばれた。

「はい」

「分別がつくはずの大人で、指導教官という立場にもかかわらず、感情や欲に任せて突き進んでしまったこと……踏むべき手順を踏まなかったことを、悪かったと思ってる」

「――イズミさん、そんな……苦しそうな顔、しないでください」

「ユラが騎士になって望みを叶えてもらったら、すべてを話す」

「すべてを？　イズミさんの過去とか、秘密とか、ですか？」

「ああ、だからどうか……それまでは触れないことを誓わせてほしい」

「……っ」

「本当は触れたい。昨夜だって、眠っているユラをどうにかしてしまいたかった。全部、何もかも全部俺の物にしてしまいたい。でもそれは、ユラが真実を知ったあとでなければ許されない。許されることじゃない」

「イズミさん……」

絡んでいた尾をきつめに結ばれ、両手で肩を引き寄せられる。

イズミさんの過去がどうであっても、どんな秘密があっても僕は気にしません――と、そういったところで何も変わらない気がした。

許すか許さないかは他人が決めることではなく、おそらくイズミ自身の問題なのだ。由良にも未だに迷いはあるため、恋をしたからといって存分にのめり込めないイズミの気持ちは理解できた。

今現在も苦しんでいる貴洋のこと、家族のこと――忘れたわけではない。

死後の世界で半年も暮らしていると、自分には自分の生活があると思えてくるが、常に目標は意識してきた。

まずは騎士に任命され、過去の世界に飛ばしてもらって、一時間だけ生き直したい。

森本由良としての人生の結末を変え、自死から失踪にすることで、大切な人達の痛みを和らげたかった。

それを達成するまでは、恋愛にうつつを抜かしてはならないと抑えてきたのだ。

それでも恋をして、剰《あまつさ》え性的な行為に手を染めてしまったことに、いまさらながら強い罪悪感を覚える。

幸せの裏に忘れ得ぬ苦悩があるのは、自分もイズミも同じなのだ。

彼はすでに騎士になって望みを叶えた人だが、まだ何かケジメをつけなければならないことがあるのは、その言動から感じ取れる。

「――わかりました」

二人の関係を進ませるのは、お互いがケジメをつけたあと。

そう考えるのが筋であり、イズミの誓いは由良にとっても望ましいものだった。

本当は少し淋しいけれど、この恋を穢れた罪深いものにしたくはない。大切な初めての恋だから、可能な範囲で憂いを払って、清々しい気持ちで育てていきたかった。

「早く騎士になって望みを叶えてもらえるよう、頑張ります」

好きでいてくれるならそれでいいです。ちゃんと好きなんですよね、僕達は恋人同士になったんですよね――と、確認して言質を取らなくても、絡み合う尾が物語っている。

イズミの尾の動きはどこか艶めかしく、「好きだ……本当は抱きたい」と、甘く囁かれた気さえして、今はそれだけで幸せだった。

「あ、なんか空が」

イズミと見つめ合っていた由良は、突然の光に目を瞠る。

室内にいてもわかるくらい外が明るくなり、朝とはいえ奇妙なほど眩しくなった。

映画か何かで見た気がする天使降臨だとか、天国へのエレベーターといったものが頭を過り、ベッドから下りて窓に近づきたくなる。

「――騎士任命の時……ッ、女王陛下の御出座《おでま》しだ」

「え……女王、陛下？　任命の時って、ことは」

「今から新しい騎士が任命されるってことだ」

由良以上に驚いているイズミは、ベッドの傍らに置いていた椅子から立ち上がるなり、由良の手を握る。

その表情には驚きだけではなく期待のようなものが張りついていて、由良もまた、彼の言動から淡い期待を抱かずにはいられなかった。

「立てるか？」と訊かれたので返事をして立ち上がり、二人で窓に向かう。

硝子の嵌った大きな窓を開け放つと、眩しくとも優しい光が射し込んできた。

青いはずの空全体が白っぽく見えるほど光り輝き、天空に大きな猫の輪郭が見える。

「う、わ……」

怨念の塊である魔とは、丸切り正反対の存在だった。

雨雲の形をしていた魔に比べたらだいぶ小さく、城で暮らせる程度のサイズ――由良が知っているバス一台分くらいしかないものの、猫としてはあり得ない大きさの光の猫が、クリソベリル・キャッツアイの真上にいる。

「あれが、女王陛下？　光の塊みたいな……猫？」

「ああ、そうだ。ユラ、膝を折れ」

気づいた時にはもう、イズミが横で膝をついていた。

女王陛下が現れた時はそうするようにと座学で教わっていたにもかかわらず忘れていた由良は、慌てて敬意を示す。窓から中庭に二歩ばかり出たところで片膝をついていると、次第に女王の輪郭がはっきりと見えてきた。

長毛種とも短毛種ともいえない、曖昧な形をした猫が浮いている。

全体が光っているので一見すると白く見えるが、正確には無色のようだった。

目があるべき位置も光っているため色がわからず、実体が掴めない。

それでも自分を含む猫人に対する好意や、陽だまりにいるような温もりが感じられて、恐怖心は微塵も起きなかった。

本当に魔と対極を成し、人間に愛されて人間を愛し、幸せな猫生を全うした猫達の魂が集った存在なのだと実感する。

──今回は難しいって、わかってる。イズミさんも、ほんの少し期待しているだけで、無理って思ってるはずだ。期待し過ぎちゃいけない……望み過ぎちゃいけない。

由良は女王を見上げながら、どうしても期待してしまう心を抑えた。

すると女王の尾が大地に向かって下がり、尾の先端が回廊の方へと向かう。

由良とイズミがいる離れ屋から近い場所ではあったが、こちらに向かっていないことは確かだった。

女王が新たに任命する騎士は、由良ではない。

「……あ、ミケーレさん？」

輝くあまり具現化しているように見えなかった女王の尾が、しっかりと巻きつけて引き上げたのは、黒い制服姿のミケーレだった。

おそらく登校途中の回廊から引き上げたのだろう。

由良の位置からは彼の表情までは見て取れなかったが、女王の光を受けたブロンドが、いつも以上に艶めいていた。

――きっと、嬉しいだろうな……誇らしいだろうな。ミケーレさん、昨日は駆けつけた騎士団と協力して魔を祓ったそうだし、騎士として即戦力になるって判断されて、任命が早まったりとかしたのかな。

ミケーレはイズミよりも先輩で、次期騎士の最有力候補だと誰もが認める存在だ。

ミケーレの先輩であり、実力的に二番手のポジションにあるシェリーですら、先輩風を吹かせて憎まれ口を叩きつつもミケーレの実力を認めているため、この決定に異存《いぞん》はないだろう。

ましてやシェリーよりも劣り、あえて順位をつけるなら、よくて三番手、見方によって四番手や五番手ともいえる今の由良には、祝福するよりほかなかった。

「次は選ばれるよう、頑張ろう。俺も精いっぱい指導する」

「――はい」

おめでとうと祝福する気持ちと、実力とは無関係に感じてしまう無念さに心が乱れる。

自分にはミケーレほどの力がないことは、端から承知していたはずだ。

昨日の出来事によって、魔に太刀打ちできない無力さを思い知ったばかりでもある。

それでいながらミケーレを差し置いて自分が選ばれたいと願ったり、駄目だったからといって無念さを感じたりするのは、業が深いと思えてならない。

――こんな心根でいたら、いくら剣技を磨いたって選ばれるわけない。もっと、綺麗な心でいなきゃ駄目だ。心底ミケーレさんを祝福して、自分は自分だと思って、前を向いて頑張らないと。

由良は女王の尾に絡め取られたミケーレが、彼女のキスを受ける様を見守った。

そうしてふと隣を見ると、同じ光景を真剣に見上げているイズミの横顔がある。

よくよく考えてみれば、騎士任命の瞬間に立ち会うのは彼も初めてなのだ。

由良が猫の王国に来る直前、まだ一回生の身で任命されたため、自分が体験したことを客観的に見て感銘を受けている様子だった。

「イズミさんも、あんなふうにキスされたんですか？」

「ああ、それから急に制服が変わったんだ」

イズミが答えると同時に、ミケーレの体が光る。

軍服に似た騎士候補生の制服が発光したかと思うと、一気に青い騎士服に変わり、その肩からは白マントが波打った。

「わ、ぁ……なんか、魔法少女みたいですね」

「その表現は斬新だな」

「だってほんとにそうじゃないですか」

「ライダー系の変身シーンとも似てないか？」

「え……どちらかというと魔法少女じゃないですか？」

「そういわれてみるとそんな感じもしてきた。あまりよく知らないが」

「僕も何かでちょっと見ただけで、アニメとか詳しいわけじゃないんですけど……たぶんこういう感じだったと思います。キラキラしてるし、魔法少女そのものですよ」

ようやく自然に笑顔になれた由良は、イズミと共に立ち上がる。

「ミケーレには聞かせられないな」と笑った彼は、空に向かって拍手《はくしゅ》をした。

どこからともなく歓声が聞こえ、由良も拍手をする。

――ミケーレさん、おめでとうございます。今はアレクサンドライト月だから、アレクサンドライト騎士団の一員になるんですね。騎士になったら魔に立ち向かわなくちゃいけなくて、あんなに悲しい闇に触れるのは心身ともに大変だと思いますが……怪我をしないよう気をつけて、頑張ってください。

白く光る雲のような女王に連れられて城に向かうミケーレに拍手を送り続けた由良は、王国の平和と、騎士としてのミケーレの活躍を祈る。

立派な姿を羨ましいと思うのとは別に、騎士の役目を考えると胸が痛んだ。

不幸な猫の無念を考えなければ、魔は二度と遭遇したくないほど恐ろしいものだ。

それを率先して見つけて怨みを被り、捕らわれながら祓うのが騎士の役目なのだから、生半可《なまはんか》な根性では続けられない。

イズミから最初に教えられた通りだと、改めて思った。

騎士になったら望みを叶えてもらえるという……その点にばかりに重きを置いていては駄目なのだ。

「ユラ、ベッドに戻ろう。今日は座学も鍛錬も休んで、ゆっくり養生《ようじょう》するんだ」

「イズミさん……でも、ほとんど治ったみたいだし、熱も下がりました。今から着替えて授業を受けてもいいですか？　せめて座学だけでも受けて、やる気を示したいです」

途中で首を横に振られたので妥協《だきょう》した由良に、イズミはさらに首を振る。

座学だけでも出たかったが、「痛みがないのも熱が下がったのも、番人が煎《せん》じてくれた薬湯のおかげだ。完治するまで養生するのが最優先だ」といわれてしまった。

12

ミケーレが新たな騎士に任命され、女王と共に光る空から去ったあと、由良はイズミの忠告に従って横になった。そのまましばらく離れ屋で独りになり、眠りにつく。

何故かまたしても弟が夢に出てきて、いったいなんの暗示かと不思議に思っていると、

「ユラ、起きてくれ」というイズミの声が聞こえてくる。

そうして眠りから覚めた由良の目に、驚くべき光景が飛び込んできた。

「――ニャ……ッ」

先程はベッドの横にイズミがいてくれたが、今度もイズミがいて……しかし彼は壁際に立っている。その両脇には、青い騎士服姿のミケーレと、白い服を着た番人がいた。

ミケーレはアレクサンドライト月に任命された騎士なので、イズミと同じ色の騎士服を着ていても、装飾品に埋め込まれた石の色が違う。それ以外の差は特になかった。

彼のブロンドや金と青のオッドアイには、トパーズ騎士団かサファイア騎士団が似合うように思えたが、光により色を変えるアレクサンドライトは大層ミステリアスで、これはこれで似合っている。

「ユラ、怪我の方は大丈夫か？」

由良が目覚めたのを見計らい、真っ先に近づいてきたのはミケーレだった。

イズミと番人も足を進めてくるが、自分に用があるのはミケーレなのだということは、三人の立ち位置と雰囲気から読み取れた。

「はい、大丈夫です。軽傷だったたし、番人さんが作ってくれた薬湯が効いて、痛みも全然ありませんから。ミケーレさん、騎士就任おめでとうございます。青い騎士服、すっごい似合ってます。カッコイイです！」

飛び起きて祝福と称賛《しょうさん》を口にすると、何故か苦々しい笑みが返ってきた。

普段のミケーレなら、「惚れ直しただろ？　イズミ卿から俺に乗り換える？」などと甘い口調で冗談をいいそうなのに、どうも冴えない表情だ。

「ありがとう。けど、俺が今日こうして騎士服を着てられるのはユラのおかげだ。昨日、ユラが手を貸してくれなかったら俺は魔に捕らわれて身動きが取れないままで、騎士団に助けられて終わってた。即戦力にならないと見做《みな》され、任命は延期されてたと思う」

「え、いえ、そんな……全然関係ないですよ！　ミケーレさんが任命されるのは実力的に当たり前なんだし、もっと喜んでください。あんなに頑張ってたじゃないですかっ」

ミケーレが任命を手放しで喜べない理由を知るなり、由良は激しく否定する。

起き抜けで頭を振り過ぎて目が回りそうだったが、らしくもない言動を取るミケーレが気の毒で、どうにか考え方を変えたくて仕方がなかった。

確かにミケーレは魔に捕らわれ、由良が手助けした時点では活躍できていなかったが、数秒後にはどうなっていたかわからない話だ。咄嗟に、自分がなんとかしなければ……と思って介入してしまったものの、魔祓いの経験がない由良には、最善の行いをした自信はない。むしろ、自分が余計なことをしなければイズミがミケーレに手を貸す展開になり、もっとスマートに終わっていたかもしれない。もしそうだったらミケーレは妙な蟠《わだかま》りを持たずに済んで、今頃は堂々と笑っていたことだろう。

「少しはお役に立てたならよかったけど、ミケーレさんが騎士に任命されたことと、僕がやったことは何も関係ないので気にしないでください」

「ユラがなんといおうと、筋を通さなきゃ騎士として胸を張れないと思ってるんだ。就任延期を申し出たけど、それは却下されたから、俺はユラに礼を尽くす形でケジメをつけることにした。女王陛下も番人も、イズミ卿も納得してる」

「僕に礼を尽くす形って、どういうことですか？」

三人が揃ってここにいることの意味を考えた由良は、緊張して身を強張らせる。

未だに独りだけベッドの上にいることを申し訳なく思って、ミケーレに支えられながら室内履きに足を通した。

「望みを叶えてもらう権利を、ユラに譲ることにした」

「……え？」

「遠慮は要らないから、有効に使ってくれ。ユラが早く望みを叶えたくて必死だったのは見ててわかってたし、逆に俺の望みは……何もしなくても時間が解決してくれて、すでにもう叶ってるんだ」

立ち上がるなり耳を疑うようなことを告げられ、由良は呆然と佇む。

油を差していないブリキの玩具の如く、ぎごちなく首を動かしてイズミや番人と目を見合わせると、同時に頷きを返された。本当に二人とも納得しているらしい。

「ま、待ってください……もちろん、早く望みを叶えたいとは思ってたけど、それは僕が騎士になれたらご褒美として叶えていただく話で、ズルは駄目だと思います」

「これは女王陛下も認めたことだ。だからズルにはならない。陛下は、昨日の俺の活躍はユラのサポートあってのものだと明言されていたし、だからこそ俺がユラに望みを叶える権利を譲ることを認めてくれた」

「ユラ、君の望みは陛下に伝えてある。叶えられる望みだと仰っていた」

ミケーレだけではなく番人の言葉によって、提案が一気に現実味を増す。

自分の与《あずか》り知らないところで事態は動きだし、女王まで巻き込んでいるのかと思うと、我を通したり遠慮したりするのが正しいことではない気がしてくる。

——望みを叶える権利……それを今すぐ譲ってもらえたら、貴洋の苦しみを終わらせることができる。家族も少しは楽になれる。ズルだとかなんだとかいってる場合じゃなく、このチャンスにありがたく飛びつくべきなのかもしれない。

由良は猫耳や尻尾にまで緊張を漲らせ、騎士姿のミケーレの顔を見上げた。

それからもう一度イズミに目を向けて、これがイズミの望みでもあることを感じる。

これまでに何度も、イズミは「家族のために頑張れ」と励ましてくれた。

出会った時に由良の望みを聞いてからずっと、変わっていない。

「ミケーレさんは、本当にそれでいいんですか？　一番の望みは自然に叶ったのかもしれないけど、二番目があったりしませんか？　たった一度の機会ですよ」

「俺の望みは、俺が転落死した事実を失踪に変えて、両親が少しは前向きに生きていけるようにすることだった。ユラに権利を譲ろうと思った時点で、やっぱり気になって現状を聞いてみたら……特別に教えてもらえたんだ。俺が死んで二年半近く経った今、まだ四十代前半の母は妊娠して、もうすぐ俺の妹が産まれるらしい。つまり俺が過去に飛んで死なかったことにしてしまうと、妹の存在はなくなるってことだ。どんなに想いを籠めて、『俺は幸せに暮らすから捜さないで』と訴えても必死で捜すだろうし、俺はもう、生者の世界に係わるべきではないと思ってる」

「――ッ」

ミケーレの望みが自分の望みとほぼ同じだったことを知った由良は、ミケーレの家族が迎えた結末と、彼の選択に衝撃を受ける。

権利を譲ってもらった自分が過去を変えたら、死という……ある意味では、諦めがつく終わりではなく、希望が残るだけにゴールが見えない苦悩を家族に与えてしまうかもしれない。これまでにも考えたことはあったが、ミケーレの話を聞くことで、遺族《いぞく》の気持ちが生々しく見えてきた気がした。

もしも時間を戻してもらえるなら、自殺と誤解されないよう失踪に変えるのではなく、明らかに事故死だとわかる形で死亡するのが最良の選択ではないかと思えてくる。

自分を川の近くに呼びだした貴洋が責任を感じないよう、川から離れた場所で……溺死以外の事故死で、なおかつ加害者などを出さない死に方が理想的なのかもしれない。

「ユラ、お前とミケーレでは状況が違う。お前は死亡してから半年しか経過してないし、ご家族は今も苦しんでいるはずだ。永遠に解決しない失踪が、死よりもいいとはいい切れないことは重々承知してる。それでも俺は、お前に一日も早く望みを叶えてほしい」

「イズミさん……」

今日までずっと傍で支えてくれたイズミに背中を押されても、ミケーレが語った遺族の現状を考えると容易に進めず、由良の心は揺さぶられた。

すると番人が口を開く。

「ユラ、あれこれと悠長《ゆうちょう》に考えている時間はないぞ」

「時間、ないんですか？」

「ない。早く決めてくれ」

急かすようなことをいわれると、大量の冷や汗が噴きだしそうだった。

そんなに簡単に決められることではないが、即決しなければならない状況らしい。

「もう間もなく国境の扉が開く。私としてはミケーレでもユラでも構わないが、せっかく女王陛下が開いてくださった扉を無駄にしたくはない。さあ、私と共に……生者の世界に行くのはどちらだ？　わずか一時間という制限の中で、過去と未来を変えたい者が、私を抱き上げて連れていくといい」

「あ……ッ！」

由良とミケーレの間に立った番人は、一瞬にして人としての形を崩す。

番人服に白い長髪、猫耳と三本の尾を持つ青年だった彼は、もうどこにもいない。

代わりに床の上にちょこんと座っていたのは、純白の毛と青い目のメインクーンだ。

ちょこん……とはいえ、一般的な猫と比べたらとても大きいが、大柄な番人とは完全に別物だった。装飾の多い軍服に似た衣服も靴もすべて消え去り、ふさふさの尾を一本だけ生やした猫がそこにいる。

「ユラ、俺の代わりに行ってくれ。地上仕様になった番人を抱いて、池に飛び込むんだ。向こうでどういう行動を取るかはユラが決めればいい」

「ミケーレさん……」

「さっき訊かれた二番目の望みだけど……ユラに借りを返してケジメをつけて、明日からミケーレ卿として騎士然と暮らすのが今の俺の望みだ。だから遠慮しなくていい」

ようやく彼らしい笑みを浮かべたミケーレを前にして、由良は意を決する。

家族のことを考えると、死よりも失踪がいいとは断言できない。それでも、当初の目的通り貴洋と自分の死を切り離すために、失踪という道を選ぶしかないと思った。

時間制限により、貴洋によって川の近くに呼びだされた事実は変えられず、猫を助ける行為は必須であり、なおかつ生者の世界から消えることも避けられないのなら、やはり、貴洋と無関係な失踪を選ぶのが一番だ。

「ミケーレさん、お言葉に甘えます。友人に不要なメッセージを送る前の時間に戻って、そのあと仔猫が川に流されるのを阻止します。イズミさん……っ、行ってきます」

由良はメインクーンの姿をした番人を抱き上げ、あまりの重さに驚きながらも離れ屋の扉に向かって歩きだす。

ミケーレやイズミに宣言はしたものの、顔はほとんど見なかった。

決意が鈍らないよう、足は止めず、返事も聞かない。

「くれぐれも気をつけて」と、二人から同時に声をかけられたが、振り返りたい気持ちを抑え込み、メインクーンを抱えながら歩き続けた。

13

ジャングルのように緑が多い番人の部屋から、池に飛び込んだところまでは憶えていた。

普段は、水ではない青く硬いジェルのような物で満ちている池は、国境の扉が開かれたことにより水が張り、底なしに深くなっていた。

譬えるなら天国の雲の上から、生者の世界を見下ろすような感覚で……しかし実際には繋がる先にあったのは天国であり、そこからさらに下りるといった流れだったらしい。

途中までしか意識がなかった由良は、気づくと橋脚の陰に立っていた。

真っ先に驚いたのは、全身で感じた寒気だ。あまりの寒さにぎょっとする。

しかも空からは雨が降っていた。

橋のおかげで濡れはしないが、空全体がどんよりと暗く、広範囲に雨が降り注いでいる光景は懐かしさすら感じるものだった。

「も、戻ってる……ここ、日本ですよね？　あの日ですよね？」

両手で白いメインクーンを抱いている由良は、番人である彼に向かって訊いた。

つくづく猫としては大きく重たい彼は、「ニャ」といいながらこくりと頷く。

体重は、十キロ以上はあるだろうか……下りて自分で歩いてくださいといいたいくらい重かったが、雨が降っているのでそういうわけにもいかなかった。

『君が望んだ時間まで戻ってきた。ぼんやりしている暇はないぞ』

頭の中に聞き慣れた番人の声が反響し、耳には「ニャァ、ニャー、ニャニャー」と、実に猫らしい声が届いた。

どうやらこの世界での会話は思念を用いるシステムらしいが、そういうことに対して、いちいち驚いたり確認したりしている暇はない。

由良は、「まず時間を確認してアラームをセットして、それから小学生を止めて、家に帰らないと！」と、自分が今後取るべき行動を言葉にして勢いをつけた。

時間が無制限なら、久しぶりに帰ってきた世界をじっくりと見回したり、半年間まるで縁がなかったスマートフォンを弄ったり、猫耳や尻尾がない本来の姿を懐かしんだりしてみたかったが、使える時間の短さに最初から焦る。

ここから先の一時間は、生者としての最期の時間――奇跡的に与えてもらった、大切な時間だ。一秒だって無駄にはできない。

ひとまずスマートフォンで時刻の確認と、四十五分後に鳴るアラームの設定を済ませ、さらには、今はまだ貴洋に不満げなメッセージを送る前だということを確かめた由良は、茶トラの仔猫を救うために川沿いを走った。

「コラ、何やってんだ！　そんなの人間のすることじゃないだろ！」

降りしきる雨の中、傘と鞄と白猫を手に小学生三人組の間に割り込む。

ダンボール箱を蹴って遊んでいた彼らを、躊躇いも遠慮もなく怒鳴りつけた。

以前の自分とは違って、さっさと事を終わらせるために迅速《じんそく》かつ厳しい言動を取る。

いきなり大声を出して叱ることにも、怒りの形相を他人様《ひとさま》に向けることにも、抵抗など微塵もなかった。急いでいるからというだけではなく、猫を虐待する人間に対して、今は猫側に立った憎しみすら抱いているのだから、きつくなるのも当然だ。

「うわ、なんだよ……そのデカいヤマネコ、やべぇもん飼ってんじゃねえよ」

「ワシントン条約違反だ！　毛皮だ毛皮！」

増水した川の横で、傘を差したままダンボール箱を蹴り転がして遊んでいた小学生は、由良が抱いている番人の姿に反応して囃し立てる。水の中では脆く崩れた箱も、今はまだ丈夫でしっかりとしていて、仔猫は逃げだせずに箱ごと転がされていた。

中からは恐怖に満ちた鳴き声が絶えず響き、浅はかな少年の嗤い声と重なる。

ただし、笑っているのは二人だけだった。

一番小柄な少年は決まり悪い顔をして、由良と番人の姿をチラチラと見ている。

「——自分が……もしも自分が同じことをされたら、どう思う？　もっと想像して、よく考えてみて。箱の中に閉じ込められて、無敵の巨人に蹴られて逃げだせない怖さや痛みがどんなものか、想像してみて。自分より弱い物を甚振るのは簡単だけど、だからこそ全然カッコよくないんだよ。みっともなくて、ダサくて、頭おかしくて最悪って、世界中から嫌われることとしてるんだって、気づこうよ。それと……友達が『やろうよ』っていいだした悪いことに、勇気を出して『やめよう』って、ちゃんといって止められることがカッコイイことなんだよ。君は、ほんとはやりたくなかったんでしょ？」

ダンボールの箱に手を触れた由良は、急いで次の行動に移らなければと思いながらも、猫を逃がすだけでは終われなかった。

箱を開けると茶トラの仔猫は猛スピードで逃げ、これによって自分が溺死するルートを回避できたが、少年達の心に変化を齎さなければ、いつか同じことが起きるだろう。

「うん、わりと……猫、好きだし」

小柄な少年は、ぽつりと呟いてから仔猫が消えた先を見る。

ほっとしているのは明らかで、その表情に由良は胸を撫で下ろした。

他の二人は不満げにしているため、由良は叱責の方向性を変えることにする。

傘と鞄と番人を抱えながらスマートフォンを出すのは難しかったが、どうにか出して、サイドボタンを押した。レンズを彼らに向け、パシャパシャッと、一気に数十枚の写真を撮る。重要なのは、悪事を働いた場で写真を撮られたことを彼らに認識させることだ。

元々は猫に遭遇した時にスピード連写ができるよう設定していたのだが、こんなことに役立つとは、今の今まで思ってもいなかった。

「な、なんだよ！　勝手に撮んなよ！」

「写真、バッチリ撮ったから。君達がどこの小学校かなんてすぐわかるし、動物虐待とか何か気になることが起きたら容疑者として警察に情報提供するんで、そのつもりで。今時未成年だからって何しても平気なわけじゃないよ。ネットに写真や個人情報を晒されて、これから先ずっと、就職にも結婚にも影響して、そのうち人間を殺しかねない頭おかしいクズとして切り捨てられる。惨めな人生を送って、あんなことしなきゃよかったって一生後悔し続けるんだよ、そんなの嫌だろ？　見逃してあげるのは今回だけだから」

由良は少年二人を睨み据えると、粋がっていた彼らが怯むほどの凄みを見せる。

想像力を働かせ、猫の身になって考えよう——と諭して通じる人間なら救いがあるが、この世には、更生の見込みがないクズが存在するのは事実だ。

虐待されて死に至った猫の怨念に触れたことで、由良はもう、一部の悪しき人間に甘い期待を抱けなくなっていた。性善説《せいぜんせつ》を信じることも、子供ならではの残酷さだと思うのも難しい。クズに対しては、罪を犯さないよう抑止するための厳罰《げんばつ》が必要なのだ。

『ユラ、惚れ直したぞ。この半年間、騎士候補として励んできただけのことはある。猫の王国に来た頃とは大違いだ』

由良は土手に続く階段を駆け上がりながら、返事をしたくてもできないほど息を乱し、番人の重さに加えて、自分の体の重さにも辟易《へきえき》する。

猫人の身軽さなら、階段など使わなくても瞬く間に土手まで行けて、シュタシュタッと自宅に戻れるだろう。番人の重さで跳躍力が下がったとしても、無駄な時間を取られずに帰宅できるはずだ。

「魔に対して……っ、いい人間もたくさんいるから……人間を信じて、もう一度、生まれ変わってほしいって、訴えて、るのに……実のところ、クズな人間はクズのままだって、思っちゃってる今の自分がいて、凄い、矛盾《むじゅん》してるなって……思うんですけど……っ」

『威しが利きそうな相手ではあった。これで魔になる猫が減るなら、それでいい』

「はい……っ、あんなこと、絶対……二度と許せませんから！」

ゼイゼイと息をつきながら、由良は必死に土手を走る。

頭の中が、「重い、重い、重い」と、そればかりで埋め尽くされた頃、番人がようやく、『下ろしてもいいぞ』と自らいいだした。

「ありがとうございます！　お言葉に甘えます！」

番人の体をアスファルトに下ろした由良は、傘に風を孕みながらも全力疾走する。

猫人の時と比べると重たく鈍い体だが、人間としては平均よりも足が速く、運動神経もよい方だった。

半年ぶりの帰路を味わうのは諦めて、メインクーンを従えながらひたすら走って自宅に向かう。

土手から住宅街に下りて少し入ると、個人宅とは思えないほど長々と続く塀が見えた。高さもある塀の向こうには大木が立ち並び、高級感のある建物が覗いている。

泉貴洋の住む家だ。横を通ると気持ちを掴まれるが、貴洋がまだ帰宅していないことを知っているため、由良は足を止めずに先を急ぐ。

豪邸の隣にあると極端に小さく見えてしまうものの、それなりに綺麗にしている戸建住宅の鍵を手にして、由良は玄関ドアを開けた。

今日は三月十日——この時点で自分はまだ生きているのだから当たり前だが、見慣れた玄関に自分のスリッパが置いてあり、なんの変哲もない日常的な光景が目に入る。

廊下の先のリビングダイニングから人の気配がして、ガサガサ、バンッと、冷凍食品の袋を開け、電子レンジの扉を開閉する音が聞こえてきた。半年ぶりでもすぐにわかる。

「どうぞ入ってください。あ、毛が濡れてるので拭きますね」

由良は番人に小声で囁き、ミニタオルで水気を吸った。

幸いあまり濡れていなかった番人は、『どうも』と返しつつ前脚の肉球を舐めて、足裏の汚れを次々と拭い始める。

普段の姿からは想像もつかないが、こうしていると完全な猫に見えた。

それも飛び切り美しく毛並みのよい、高級感たっぷりのメインクーンだ。

「……ただいま」

白い壁紙とフローリングの廊下を抜けて、由良はリビングの扉を開ける。

特に意識せず口にした「ただいま」という台詞が、あとからじわじわ沁みてきた。

与えられた一時間のうちの数分しかいられないとはいえ、二度と帰れないはずの幽霊のような自分が、こうして「ただいま」といっている。本当に家に帰ってきたのだ。

「あ……兄ちゃん、冷凍庫にあったのグラタンじゃなくてドリアだった。グラタンは赤い袋で、ドリアは青。グラタンのがよかったのに」

おかえり――といってもらえず、代わりに苦情を受けたが、由良はそれによって痛切なほど日常を感じる。玄関でスリッパを見た時とは、比較にならなかった。

自分には特別な帰宅でも、弟の紗良にとって今日は、何かが起きる前の普通の日なのだ。

兄が帰ってくるのは当たり前、なんでもやってもらって当たり前で、平凡な日常が幸せだったことに、まるで気づいていない。

急に終わるなんて、夢にも思っていない。

「紗良」

さほど年が離れていない弟を、これまでのどんな時よりも可愛いと思った。

再会できて嬉しい気持ちを上回るほどに、二度と会えないことが淋しい。

兄がイジメを苦に自殺したという最悪の流れを、自らの意志で失踪したというルートに変更しても、結局のところ今日でお別れになることは変わらないのだ。

「紗良、本当は書き置きしようと思って文面も考えてたんだけど……もう時間がないから紗良にだけいうね。僕、家出しようと思ってるんだ」

五分設定でスタートした電子レンジの表示が、残り四分になり、そして三分に向かって進むのを視界の隅に捉えながら、由良はタイムリミットが迫っているのを実感する。

直視するのが恐ろしい、ダイニングテーブルの上の電波時計も見てしまった。

残り時間は三十分――猫の救出と移動に、思いのほか時間を割いていたのがわかる。

「はあ？　家出？　兄ちゃん何いっての？」

「冗談とかじゃないから、よく聞いて。実は……」

「――っていうか、何その猫！　メインクーン？　凄いデカくね？」

中学校の制服姿のまま、紗良は床に膝をついて番人に飛びつく。

猫好きなので興奮するのは仕方がないが、由良の発言はまったく真に受けていないようだった。「可愛いー、じゃなくて、カッコイイっていうべき？　なんかメチャクチャ綺麗なんですけど。ちょっと濡れてるけど気持ちいーし、すげぇモフり放題じゃん」と、ハイテンションながらも猫に嫌われない程度に控えた声量で、番人の首の辺りを撫で摩る。

「うん、メインクーンだよ。紗良、頼むから真剣に聞いて。僕ね、その猫の飼い主さんのことが好きで……だけど、世間には許されない関係だから、駆け落ちしようと思ってる。つまり、家出というか、失踪みたいな感じになってしまうんだけど……僕は、絶対に幸せだから心配しないで。お金に困ることも、食べるものに困ることもない……天国みたいな場所で、好きな人と楽しく暮らすから。だから絶対に絶対に捜したりしないで、自分達のことにだけ時間を使ってくださいって、母さん達に伝えて」

猫にしては触らせてくれる番人に大喜びで頬擦りしている紗良に、由良は考えておいた書き置きの文面と概ね同じことを告げた。

弟に向かって口でいっているため変化はあり、途中から涙声になってしまったが、強く訴えたいことは同じだ。

いなくなるけれど、幸せであること。貴洋とは一切関係のない失踪であること。そして捜すことに時間を割いてほしくないこと――理由がなんであれ、高校一年生の息子が突然失踪して、捜さないわけがないことはわかっている。

つらい目に遭わせてしまうことも、苦しませることも、家族の今後を悪い意味で大きく左右することもわかっているけれど……本当ならもうすぐ警察から電話がかかってきて、病院の霊安室で息子或いは兄の遺体と対面することになる運命だ。

数日中に通夜や告別式を行い、焼いて骨を拾い、墓に納めることになるだろう。

それを知っている自分にとっては、本来の運命よりはましだと思えてならなかった。

「駆け落ちとか何いってんの？　馬鹿なの？」

「信じてくれないのも無理はないけど、本気なんだ」

「彼女いなかったのに、意味わかんないし。騙されてんじゃん？」

メインクーンを撫でて上機嫌だった紗良は、ぎろりと睨みつけてくる。

キッチンでは、すでにレンジの音がチンと鳴り、チーズの香りが立ち込めていた。

由良は、こんな状況でありながらも「美味しそうな匂い」だと感じて、猫の王国にいると忘れてしまう食への欲求が、この体には存在していることに気づく。

まだ生きている時の体なのだから当然だが、今の由良には、一時的に与えられた仮初の肉体に思えた。

――これは続かないもの……あと三十分もしないうちに、この体は消える。食欲や生殖能力がない分、猫耳や尻尾や、高い跳躍力はある体……それが今の僕なんだ。

紗良は「やばい、冷める」と呟いて、キッチンに戻ろうとした。

突拍子もない兄の発言を信じてはいないものの、涙声で語られたことや、特別感のあるメインクーンが実際にこの場にいるため、いくらか信憑性を感じて戸惑い、不安を覚えて現実逃避に走っているのが伝わってくる。

「紗良、今後は家事とかできなくなるし、迷惑もたくさんかけると思う。本当にごめん。諸事情あって詳しいことは話せないけど……いい家族に恵まれて僕はとても幸せだった。これからは恋人と一緒に、これまで以上に幸せになるから心配しないで。捜されることはお互いを不幸にするってことを、わかってほしい」

いい家族に恵まれて僕はとても幸せだった――と、男子高生の身で結婚式でもいわないようなことをいったせいか、紗良は途端に絶望的な顔をした。

あり得ないと思いながらも本気だと察した様子で、「やめなよ！」と腕を掴んでくる。

「紗良……ごめん、勝手をいって申し訳ないけど、僕の代わりに……親孝行してほしい。最初から三人家族だったと思って、なるべく笑顔で、仲よく暮らして。特に母さんのことフォローしてあげてほしい。ほんとに勝手なのわかってるけど、お願いだから……」

由良は紗良に腕を掴まれたまま逆に引き寄せ、ぎゅっと力を籠めて弟を抱き締めた。

こんなことをするのは紗良が小さかった頃くらいで、日本人らしくないことをしている感覚はある。けれども照れることはなかった。

もう少しこのままでいたくて、紗良の背中や肩に触れている手が固まる。

もう少しどころか、一家団欒の楽しい時を何時間も過ごしたかった。

それが無理でもせめて両親が帰ってくるまで、ここにいたい。

『ユラ、この世界から消える瞬間を何者かに見られるわけにはいかない。橋脚の辺りまで移動して人目につかずに消えるための時間を取っておく必要がある』

紗良との抱擁を続けながら、由良は番人の声を聞く。

ここに来る前にも、同じことをいわれていた。あとから犯罪に繋げられないよう、監視カメラや人の目に捉えられない場所で消滅しなければならない。

家事の多くを担っていた由良は、洗濯の仕方や物の置き場など、紗良に伝えたいことが山のようにあった。

きちんと引き継げないのが申し訳なかったが、重たく感じるヒトの体で橋脚の辺りまで戻るために、早めにここを出る必要がある。

「紗良、本当にごめん。遠くに行くけど、ずっと幸せを願ってる。お互いに別々の場所で頑張ろう」

由良は紗良の手を振り解き、鞄とスマートフォンを家に置いたまま玄関に向かう。

またしても「やめなよ！」と止められたが、由良は番人と共に家を飛びだした。

道路に出ると、背後で玄関ドアが開く音がする。

「兄ちゃん！」と声を限りに叫ばれて、ぶわりと涙が溢れだした。

死亡と失踪を比較して、後者の方がましだと思うのは、間もなく死ぬことを知っている自分だけであって、家族からしたら、平穏な日々と失踪した状態を比較するだろう。

どれだけ苦しめるか、悲しませるか、想像すると涙が止まらなかった。

『ユラ、もう一つ予定を入れる気だな？』

「……はい、すみません……すぐに終わらせます」

由良は何歩か追ってきた紗良を振り切って走り、隣の泉家に向かう。

紗良に気づかれないよう、正面玄関ではなく裏手の勝手口に回ってチャイムを押した。

あとで誤解を招きかねない履歴をスマートフォンに残したくないので連絡を控えたが、時間的に考えて貴洋はすでに帰宅していると思われる。

涙を拭って晴れやかな顔を作ってから、貴洋に会いたかった。

そして彼に、「他に用事ができちゃって、約束したのに行けなくてごめん。今朝のこと気にしてないし、僕も悪かったと思ってる。偽物のラブレター見て、らしくもなくカッとなっちゃって。ほんとごめん」と、真剣過ぎず軽過ぎない塩梅《あんばい》で謝罪したい。

貴洋が番人の姿を見て、「その猫は？」と訊いてきたら、照れくさそうな笑顔を返して、「内緒」と答えるつもりでいる。

あとのことは、いずれ紗良から聞くだろう。

あの由良が駆け落ちなんて……と、狐につままれたような気分になるかもしれないが、この日の朝の発言や、川の近くに呼びだしたことについて貴洋が責任を感じる必要はなくなり、誰かに詰《なじ》られたり、あとあと引き摺ったりしなくて済むはずだ。

「由良くん？　勝手口からどうしたの……って、凄いヌコ様ね！　メインクーン？」

傘を差しつつ番人を抱いていた由良の前に現れたのは、貴洋の姉の洋江《ひろえ》だった。

私大の薬学部に通っている二十代前半の美人で、女性にしては背が高い。

今日は家で過ごす日だったのか、ノーメイクで髪を一つに纏めていて、こざっぱりして見えるせいか、驚くほどイズミに似ていた。

年齢の差こそあれ、イズミと貴洋が似ていることも、貴洋と姉の洋江が似ていることもわかっていたが、こうして見てみると、イズミは十六歳の貴洋よりも二十代前半の洋江に似ている。まるで男女の双子のようにそっくりだ。

「はい……メインクーンです。あの……貴洋は、帰ってますか？」

「ううん、まだ帰ってないのよ。なんか、部活ない日は彼女の家に寄ってるみたい。口を開けば『彼女』『彼女』ってほんとうるさくて、モテない男子が初めてモテたみたいに、彼女いることをすんごい強調するの。あの子、意外とモテないのかな？」

「いえ、凄いモテます」

「だよねえ、由良くん相手だから正直にいっちゃうけど、我が弟ながら客観的に見て絶対モテると思うんだよね。あ、貴洋に用事ならヌコ様と一緒に待ってたら？　そんなに遅くならないと思うし、私にもモフらせてよ」

気さくな洋江に招かれた由良は、貴洋と再会できない運命を受け入れる。

残り時間が少ないため、会うのは諦めて伝言を頼むしかなかった。

「この猫の飼い主を待たせてるので、今日は失礼します。あの……貴洋が帰ったら、約束破ってごめんって伝えてください。待ち合わせしてたんですけど、付き合ってる人と会うことになっちゃって、結局……貴洋との約束を破っちゃったんです」

「え、由良くんも付き合ってる人いたんだ？」

「はい、この猫はその人の猫なんです。色々事情があって詳しいことは話せませんけど、貴洋のことは今でも……一方的だったとしても親友だと思ってるし、だから……ちゃんと謝りたかったんです。そういうわけで、伝えてもらえますか？」

「あ、うん……それはいいけど」

自分で直接いうなり、メッセージを送るなりすればいいのに——といいたげな洋江に、由良は去り際に一つ、訊きたいことがあった。

当初の予定では訊くつもりがなかったが、ノーメイクの洋江の顔があまりにもイズミに似ているため、どうしても訊きたくなってしまう。

「洋江さん、あの……泉さんていう苗字の、従兄弟とか若い叔父さんとか、親戚関係で、洋江さんや貴洋に似ていて、背の高い男の人っていますか？　年齢は、たぶん洋江さんと同じくらいだと思うんですけど」

イズミのことを知りたい気持ちのまま口にしてしまった由良は、いい終えると同時に、これが洋江にとって、思いだしたくもないほど悲しい話である可能性に思い至る。

自分のことは一時的に過去に戻っているだけの死者として認識していたのに、イズミも死者であることを半ば忘れていた。

イズミは、由良が猫の王国に到着する数日前に騎士に任命されている。

彼は最短で騎士になり、猫人になって約五ヵ月で任命されたと聞いていた。

つまり、今日から見て五、六ヵ月前――昨年の秋頃に、イズミは黒猫を庇って死亡したことになる。

「いないわよ、うちの親どっちも一人っ子だし」

「――え？」

「しかも祖父まで一人っ子なの。あの時代の人にしては珍しいでしょ？　そんなわけで、淋しいくらい親戚が少ないのよね。私が知ってる限りじゃ若い人は全然。もし私と同い年くらいで激似の泉さんがいたら、父のこと疑っちゃうわよ。まさか外に……って」

洋江の発言に、由良は顔をぶんぶんと横に振った。

家庭不和《ふわ》を招く誤解を与えたら大変だと思うと、ひやりとする。

「すみません……っ、それは絶対に違うと思います！　よくよく考えてみたら、そんなに似てませんでした。それに、泉さんていうのも苗字じゃなくて下の名前かもだし」

『ユラ、他の猫人のことを探るのはルール違反だぞ』

抱いていたメインクーンが鳴き、頭の中に番人の声が響く。さらに続けて、『もうすぐタイムリミットだ。今は跳べないんだから早く移動を開始しないと』と、忠告された。

表向きは「ニャーン、ニャー」と鳴く猫を抱いたまま、由良は洋江に頭を下げる。

「貴洋への伝言、よろしくお願いします。約束守れなくてごめんって、伝えてください」

大事なことだけはしっかりといい残し、由良は土手に向かって走りだした。

十キロ級のメインクーンを両手に走り、地面に下ろしてもよいことをすっかり忘れて、伸しかかる大型猫を腹側から抱いたり背負ったりと工夫しながら、ひたすら走る。

そうして、貴洋と待ち合わせした橋脚とは別の、上流側にある橋の下に身を潜めた。

増水した川に流されたと誤解されないよう、傘は土手に着く前に捨ててきた。

服や靴、下着など、体に密着している物は一緒に消えるため問題ない。

由良は降りしきる雨を橋の下から眺めて、自分が生きてきた世界を目に焼きつけた。

家に置いてきたスマートフォンのアラームは、疾うに鳴っているだろう。

紗良はそれを見て、何を思うだろうか。

最後に撮った悪童の写真は、あとで警察の手に回ったりするのだろうか。それとも失踪事件や誘拐事件ではなく家出として処理されて、警察はまったく動かないのだろうか。

迂闊にアラームなどセットしなければよかった。写真は消しておくべきだった。

貴洋への詫《わ》びは……貴洋本人はもちろん、他の誰が見ても無難なメッセージを作って、スマートフォンから送信しておいた方がよかったかもしれない……と、いまさら考えたり後悔したりしているうちに、別れの時がやって来る。

——心残りはあるけど、それでもなんとか目的は果たせた。これでもう、僕はイジメを苦に自殺した被害者にはならないし、貴洋は加害者にならない。家族には引き続き負担をかけて申し訳ないけど……少なくとも、貴洋のことは守れた。

体が煙のように軽く感じられ、ふと気づくと視界が真っ白になっていた。

死亡した時とは違って一週間もかからず、番人の導きですぐに天国に昇り、猫の王国に戻れると聞いている。

意識が遠退くのを感じながら、由良は生者の世界に別れを告げ、先のことを考えた。

死んで終わりではない権利を得られた自分には、猫人としての暮らしがある。

そこにはイズミがいる。他の猫人のことを探るのはルール違反だといわれても、恋人のことを知りたい気持ちは当然あった。

探るのではなく、話してくれるのを待つしかない。

謎だらけの彼が真実を話してくれるまで、おそらくあと少しだ。

——貴洋……さよなら……これまで本当にありがとう。どうか、その才能に相応しい、素晴らしい人生を送ってください。そしてイズミさん……今、帰ります。

早く目覚めて、イズミに会いたい。

重荷を下ろしたことで箍が外れ、心が彼へと向かっていた。

こうして空に舞い上がる魂のように、抑え切れない勢いで恋心が膨らむ。

騎士になる目標は別として、恋はしてもいいのだ。そう思えることが嬉しくて、別れの悲しみの中で、ただ一つ、イズミへの想いだけは輝いていた。

14

天国内にある国境の扉の青い池から浮上して、水が砂のように肌を滑っても、それらが固まって独特な感触のジェル状になっても、何も驚きはなかった。もちろん、猫耳がぴくぴくと動くことにも、尻尾が勝手にバランスを取ろうとすることにも驚かない。

由良はイズミがいる世界に戻ってきた喜びを感じながら、番人の部屋を見渡した。

いつの間にか夜になっていて、高い天井から月明りが射している。

真冬並みに冷え込んでいた日本の春とは、温度や湿度が違っていた。

天国の一角である猫の王国は、何もかもが最適で過ごしやすい。

「あ、番人さん」

全裸で膝を抱えた由良は、ヒトに近い姿をした番人と顔を見合わせる。

初めて来た時には考えられなかったことだが、彼を見るなりほっとした。

猫姿の方が可愛いと思う一方で、番人はやはりこの姿の方がしっくりくる。

「先程はお付き合いありがとうございました。おかげさまで目的を果たせました。僕は、過去を変えることができたでしょうか？」

由良は差し伸べられた大きな手を取り、縁を越えて池から出る。

番人に促されるまま衝立の向こうに足を進めると、クリソベリル・キャッツアイの黒い制服を着たトルソが待っていた。

「ああ、過去が変わったことですべてが変化した。未成年者ということもあって、最初は大変な騒ぎになったが、弟や泉洋江の証言があったからな。高価な猫を飼っている恋人と駆け落ちするために家出したという筋書きがあるため、警察は大して動かずに捜査を打ち切り、時が経った今ではもう、家族は『由良はどこかで幸せに暮らしている』と、無理やり思い込むよう努めて不安を隠し、一応のところ普通の暮らしをしている」

衝立に隠れて途中まで着替えた由良は、急激に込み上げる涙をこらえた。

ひとまずよかったという安堵と、本当はつらいだろうと思う気持ちに心が引き裂かれ、両親に会えなかったことが酷く悔やまれる。

「あの……イズミさんは、どちらに?」

重荷から解き放たれ、箍が外れて恋に突き進む段階を経て、救いとしてイズミを求める心境に陥った由良は、とにかく彼に会いたくて着替えを急ぐ。

番人の部屋で待っていてくれるのでは……と淡い期待をしていたが叶わず、ここに彼がいないことは確かだった。それならすぐに、自分から会いにいくしかない。

「つい先程、タイムパラドックスによる頭痛で昏倒《こんとう》した」

「……っ、昏倒？　タイムパラドックスによる頭痛って、どういうことですか？」

「詳細は本人の口から聞いてくれ。ただ、さほど心配する必要はないとだけいっておく。イズミ卿は死ぬことも病に苦しむこともない猫人で、強靭な精神力を持つ騎士でもある。記憶の混乱によって一時的に倒れたが、少し休めば落ち着くだろう」

「お見舞いにいけますか？　迷惑じゃなさそうなら、今すぐ会いたいです」

「迷惑なわけがない。イズミ卿は……ここでずっと君を待っていたそうだからな」

黒い制服姿の由良とは対照的に全身白で包まれている番人は、植物だらけの部屋の壁を指差した。側面に窓はないが、番人が示しているのは寮に続く中庭だ。

イズミはおそらく、離れ屋にいるのだろう。

「その通りだ。君が使っていたベッドで休んでいる。早く会いにいってやれ」

「はい！」

心を読んだ番人に勢いよく返事をした由良は、番人の部屋を飛びだして廊下を駆けた。

月明りを頼りに校舎と繋がる建物から出て、中庭を囲む回廊から地面に下りる。

レモングラスが香る広大な庭を、猫人ならではの身軽さで跳躍し、三角コーンのようなトピアリーも薔薇のアーチも噴水も、軽々と跳び越えて離れ屋に向かった。

タイムパラドックスという用語については、なんとなくの知識しか持っていないが……過去を変えればその先が変わるのは必然であり、由良が死なずに失踪したことによって、イズミの身に起きるはずだったことが起きなくなったり、矛盾が生じたりしたのだろう。

このタイミングで頭痛が起きて昏倒したなら、おそらくそういうことだ。

つまり、生前のイズミと自分には係わりがあったということになる。

――でもそれはおかしい。僕の生き死にが、見ず知らずの人になんらかの影響を与えることはあるだろうけど、イズミさんに限ってそれは絶対ない。イズミさんは僕より五ヵ月以上も前に亡くなってるから、三月十日に戻った僕が何をしたって、イズミさんが影響を受けるわけないんだ。それなのに、なんで……。

離れ屋の大きな硝子窓の前に着地した由良は、イズミがそうしたのと同じように、窓を静かに開けて中に入った。体調を悪くして眠っているかもしれない彼を起こさないよう、気をつけながら床を踏むと、ギシッと軋む音が立つ。

同時にベッドの上の上掛けが動き、イズミが目覚めたのがわかった。

彼は慌てて起き上がると、黒い前髪を掻き上げて目を見開き、由良の姿を捉える。

自分が何故ここで眠っていたのかわからない様子だったが、状況を迅速に判断するなり唇を震わせた。

月明りしかなくても、青ざめているのが見て取れる。

「――おかえり、ユラ……」

「はい、ただいま帰りました。あ、そのまま寝ていてくださいっ」

ベッドから下りようとするイズミを制止した由良は、駆け寄って彼の肩に触れた。

白いシャツに覆われた左右の肩を上から押さえ、無理をさせないよう、座り姿勢のままその場に縫い止める。

「大丈夫ですか？　倒れたって聞いて、心配しました」

イズミは、「ああ……池の前で待っていたかったのに、すまない」と謝るなり、前髪ごと額に手を当てて呻く。

傍で見ているだけで、一緒になって眉間に皺を刻んでしまうくらいつらそうで、触れた筋肉が石のように硬く感じられた。摩っても摩っても強張りが取れることはなく、頭痛に襲われて「ッ」と呻く声が何度か聞こえる。

痛みを訴えたくないあまり、歯噛みして耐えているようだったが、それでも微かに呻き声が漏れていた。

「イズミさん……っ、痛いんですね？　無理をしないでください」

明らかに頭痛に襲われているイズミは、「大丈夫だ」と答えてこめかみを揉む。

由良が「ちゃんと寝てください。人を呼びますか？」と訊ねると、首を横に振った。

「本当に大丈夫だ。無理をしてるわけじゃなく、時々ぐらつく感じがあるだけで、大したことはない。これくらい平気だ」

イズミは口角を少し上げ、無理に笑おうとする。

しかし笑顔として成立していない、引き攣った表情でしかなかった。

目の色は日本人離れした黄緑色だが、やはり貴洋の姉、泉洋江によく似ている。

彼女の顔が記憶に新しい今の状態で見るからこそ、余計に類似点がわかった。

洋江を男性にして逞しくするか、貴洋を立派に成長させたらイズミになるように思えてならない。

「――イズミさん……どうか、今は眠ってしっかり休んで……体調が、万全になったら、その時は教えてください。イズミという名前で、僕の友人やその家族にそっくりで、僕が過去を変えたことによってタイムパラドックスの影響を受けている貴方は、いったい何者なのか……教えてください」

心臓がトクトクと高鳴り始め、沈黙の中で濁音《だくおん》に変わっていく。

ドクン、ドクンと、鈍く大きな音になり、肋骨《ろっこつ》の内側に脈打つ内臓《ないぞう》が存在することを、甚くリアルに感じた。

死者でありながらも猫人として生きている体が、心に引き摺られて反応している。

「ユラが騎士になって望みを叶え、過去を変えて、ご家族を地獄の苦しみから救えたら、その時に告白しようと思っていた」

二人の沈黙と、虫一つ鳴かない静寂の中で、イズミは真摯に言葉を紡ぐ。

由良の問いに動揺したり躊躇ったりすることはなく、言葉通り、本当にこの時を待っていたのだと、疑う余地もなく感じられた。

由良は騎士になれたわけではないが、イズミにとっては、由良が望み通り過去を変え、家族の現状を改善することが最優先だったのだ。

彼の中ではすでに、すべての秘密を打ち明ける時が来ているのがわかる。

「俺の……生前の名は、泉貴洋だ」

「――ッ」

「ユラが知っている、高校一年生で十六歳の俺じゃなく……二十歳になった泉貴洋。俺は大学二年の秋に……近所の公園で、怪我した黒猫を虐待していた高校生二人を見つけて、逃げる奴らを追いかけて車道に飛びだし……車に撥ねられて即死した。猫を助けるために命を捧げたわけじゃないが、同じ功徳《くどく》と見做されて猫の王国に招かれたんだ。俺が追っていた二人は、ユラが助けた茶トラの仔猫を川に流した悪童の……成れの果てだ」

ゆっくりと丁寧に語られる真実に、由良は自分の足で立っていられなくなる。

頭の片隅の、さらに奥の奥のところで、もしかしたらイズミは貴洋と同一人物なのではないかと、疑っていたりもした。疑惑の種は出会った時に芽生え、単純に、二人の容姿や声が似ていたことや、名前や祖国などの共通点から始まったものだった。

指導教官と候補生として過ごした半年の間に、やはり貴洋ではないと思う時もあれば、雰囲気の一致を感じたり、親戚だから似ているのだろうと納得したりする時もあり、彼に恋心を抱くにつれて、疑惑は小さくなっていった。

それでも、完全に消えたわけではない。

もしかしたら、もしかすると……何が起こっても不思議ではない死後の世界で、想像を絶する奇跡が起きていて、実はイズミは貴洋なのではないかと、至極わずかながらに……本当に芥子粒《けしつぶ》のように小さいながらに、疑いの種を残していた。

「貴洋？　二十歳の、貴洋？」

驚愕のあまり立っていられずに、ベッドの端にぺたりと座り込んだ由良は、たった今、貴洋だと名乗ったイズミの顔を凝視する。

彼が打ち明けたのはそれだけではなく、つい先程……由良が過去に戻って説教をしたり威したりした三人組の小学生のうちの二人と係わりを持ったことや、それが原因で事故死したこと、その時は大学二年生だったという情報も含まれていた。

「どうして、二十歳の……貴洋が？」

時系列に矛盾があるため酷く混乱する由良の前で、イズミは再び唇を開く。

恋しい彼の唇が、決して開けてはいけないパンドラの箱のように思えて、気持ちを落ち着けるまでもう一度閉じてしまいたかった。何もかも早く知りたいと思っていたけれど、今は知るのが恐ろしい。冷静になるための時間が、少しだけ欲しくなる。

「ユラは……俺があんな場所に呼びだしたせいで、仔猫を助けることになり、三月十日に川で溺れた。でも、その日に亡くなったわけじゃない」

「——え？」

「ユラが息を引き取ったのは確かに三月十日だけど、溺れてから四年後の三月十日。二千二十二年の三月十日だ。ユラは……森本由良は、溺れて昏睡状態に陥り……最初の二年は入院し、あとの二年は自宅で介護を受けていた。いつか必ず意識を取り戻すと信じていたご家族の献身の甲斐もなく、一度も意識を取り戻さずに亡くなったんだ」

「……昏睡、状態？　介護？」

「今ここにいる由良は、眠ったまま成長した二十歳の由良だ。猫人になった際に健康的な体にされてるけど、実際には枝のように痩せてしまったと、紗良くんが心配してた。俺は会わせてもらえなかったから、時々……紗良くんから話を聞いて……」

　イズミが語る言葉のままに、由良の脳裏に自分と家族の姿が浮かび上がる。

　病院のベッドや、自宅に運び込まれた介護用ベッドの隣に立ち、思うように仕事ができなくなった母親や、心配する父親、呑気に笑っていられなくなった弟の姿を想像すると、脈打っていた心臓以上に胃が存在感を増してきて、痛みと吐き気に襲われた。

　全身の血が下がる感覚を、これほど明確に感じたことはない。

　魔の襲撃を受けた時よりも、さらに深い闇に心が落ちた。

　自殺よりましだから、生き返れる一時間を使って自主的な失踪にしよう——そう思って過去を変えてきたけれど、本当の過去は、呆気なく死ぬ以上に酷いものだったのだ。

四年は、とても長い。苦しければ苦しいほど長いはずだ。ましてや奇跡が起きずに結局死ぬなら、いっそ即死だった方がよかったと自分は思う。

母親も父親も弟も、最終的には同じことを思ったかもしれない。

そう思ってしまったことに罪悪感を覚えて、より苦しんだのではないだろうか。

「う、ぅ」

「由良、大丈夫か？」

急な吐き気に見舞われた由良は、胃部や口を押さえながら前のめりになった。

背中を摩ってくれるイズミの手は温かく、とても優しい。

「由良……タイムパラドックスが起きたことで、俺の中に、もう一つの人生の記憶が流れ込んできたんだ。由良が急に失踪したことで、ご家族は心配もしたし、しばらくは必死に捜したりもしたけど……でも、俺が知ってる最初の人生よりは、遥かに、まったく比較にならないくらいに、まともな精神状態で過ごせていたと思う」

「――うん……」

頭も心も潰れそうに打ちのめされていたが、しかし、すべてはもう終わった話……自ら過去に飛んで起点を修正したことで、抹消されたルートなのだと気づかされる。先程番人から聞いた通り、由良がメインクーンの飼い主と駆け落ちしたことが新たな起点となり、家族は『由良はどこかで幸せに暮らしている』と思い込むことで立ち直ったのだ。

そこには、時間の経過も影響しているのだろう。

由良が失踪してから半年ではなく、四年半もの歳月を経た今、時薬が効いてそれぞれが前向きに生きている。

「貴洋……貴洋も、つらかったね……苦しかったよね」

「俺は、苦しんで当然のことをしたから」

「僕が家族の苦しみを緩和《かんわ》させるまで……この話が消えた過去になるまで、ずっと、何もいわないでいてくれたんだね」

真実を知って衝撃を受ける自分の傍に、イズミであり貴洋でもある人がいてくれる。

そのありがたさに感極まって、涙が溢れて止まらなかった。

由良は、係わったすべての人に申し訳ないくらい、自分が恵まれていたことを知る。

家族や貴洋が苦しんだ時間に、自分はただ眠っていただけで、苦しかった記憶など何もない。

天国の一角であるこの国の今が、生者の世界の時間でいうなら西暦二千二十二年であることにも気づかず、貴洋や、生きている人々の長い苦痛を知らずに過ごしてきた。

「僕は何も憶えてないけど……そういわれてみると、この国に来る前に、夢を見たんだ。その夢の中で、母さんが見たこともないほど感情的になって取り乱していて、僕のことで貴洋を責めていて、父さんや紗良も手がつけられない状態だった。あれは……現実？」

そういう出来事があったとしても、意識のなかった自分は瞼を閉じていただろうに——両目を見開いて捉えたかのように想像できる。

貴洋は、涙をこらえて深々と頭を下げていた。

過去を変える前の世界では、由良は貴洋に呼びだされた橋脚の陰から、貴洋のスマートフォンに不満げなメッセージを送っている。

そのあとに川で溺れたため、同日の朝に教室で起きた偽ラブレターを巡る小競り合いと関連づけられてしまった。そして貴洋は責任を追及《ついきゅう》され、非を認めて謝罪したのだ。

「貴洋は、僕が自殺したんじゃなくて……猫を助けるために溺れただけだってこと、いつ知ったの？　猫の王国に来てから？」

由良が見た夢を否定も肯定もしない貴洋に、由良はさらに問いかけた。

先程、彼自身がいっていた通り、あれが事故だと知っている今でも、貴洋は由良を川の近くに呼びだしたことに責任を感じている。自分がつれなくしたせいで自殺を図った、と思っていた時期があるなら、今以上につらかったはずだ。

「俺は、同性の友人を好きになったことを認められない臆病者で……自分を守るために、罪のない由良を故意に傷つけた。そんな俺が、『由良は自殺なんかしてない』なんて、また保身に走るようなことを口にできるわけがなかったけど、本当は信じてた」

「貴洋……」

「由良は、どんなに傷ついても家族を捨てたりしない。あんなに温かい家族を置いて自ら死ぬなんて、俺が知ってる由良なら絶対にしないと思った。だから……あの日、川で何があったのかを調べた。目撃者を求めたんだ。俺は、法的には罪に問われなかったものの、加害者には違いないから……警察の手を借りるわけにはいかないし、何をやっても空振り続きで、なんの手がかりも掴めなかったけど」

「――っ、まさか、そのせいで？　その調査をしてた時に、成長した小学生のうち二人が黒猫を虐待してる現場に……遭遇したってこと？」

身を乗りだした由良の前で、貴洋は眉間に皺を刻み、首を横に振った。

「調査の結果が実ったわけでもなければ、俺の力でもない。それでも、求め続けたことで運命的な導きを得られたんだと、今は思ってる。公園の横を通ったのは偶然で、目撃者の当てなんて何もなかったのに、奴らに会えた。黒猫の、痛々しい鳴き声に呼ばれたんだ。奴らは……人間とは思えないような行為をしていた。怒鳴りつけて止めようとした、その直前に、下品な嗤い声と共に、会話が……耳に飛び込んできて……」

「会話？」

「こう、いったんだ。『そういや、猫を助けて溺れた奴いたよな』『まだ生きてるらしいぜ、意識戻ったらヤバいな』と、そう話してた。その瞬間、すべての答えが見えた気がした。由良がなんのために川に入ったのか、奴らが何をしたのか、やっとわかったんだ」

イズミ——泉貴洋の死後の姿である彼は、黒い猫耳や尾をぎごちなく蠢かし、それとは逆に言葉を止める。

黄緑色の双眸は濡れ、涙の膜ができていた。

「詳しい話を聞こうとして、逃げる彼らを追いかけて……事故に？」

「確かに問い詰めたい気持ちもあったけど、それ以上に許せなかった。増水してる時に、川沿いに由良を呼びだして無視した自分も、奴らも、どうしようもなく許せなかった」

「貴洋……」

「由良よりも先に死んで、ここに来て、騎士になれば望みを叶えてもらえると知った時、俺は最高に嬉しかった。猫を見殺しにする改変はできないから、二千十八年の三月十日に俺が茶トラの仔猫を先に救出して、悪童が二度と猫を虐待しないよう懲らしめればいい。そう思ったんだ。過去に戻って一時間後に俺は忽然と消えることになるけど、改変により茶トラの仔猫と、その三年半後に公園で虐待される黒猫の両方を救って、由良が川に入る理由をなくすことで由良を助ける筋書きだった。それなら番人にも女王陛下にも納得してもらえる。だから俺は、望みを叶えるために騎士を目指した」

「——そのために……凄く頑張って、急いで騎士に……なってくれたんだね」

「急がなければならない理由があったんだ。由良は猫を助けて昏睡状態に陥ってるから、もしも亡くなった場合は昇天して、死後一週間で猫の王国に入国することが確定してる。

女王陛下が叶えてくださる望みにはいくつかの制約があって、他の猫人の命運を左右することはできないんだ」

「そ、そうだったね……その制約は、この国に来た時に番人さんから聞いてる」

「実際には改変が起きて、由良が過去を変えたことにより、黒猫が虐待されることも俺が事故死することもなくなったけど、俺は変わらず今もここにいる。それは俺が猫人で……猫の王国で暮らす特権を持ってるからだ。タイムパラドックスの影響により二重の人生の記憶が流れ込んで頭痛に見舞われた程度で、影響はさほど受けてない。つまり俺が由良の命を助けるには、由良が猫人同然……と見做される前に騎士にならないと間に合わない。由良が生きている間に過去に飛び、川に入らないよう改変する必要があったんだ」

「貴洋は……僕が溺れて大変なことになるのを避けたくて、早く騎士になれるように……頑張ってくれたのに、僕は……その前に、ほんの少し、前に……」

涙声で確認した由良に、貴洋はすぐには答えなかった。

頷いたら零れそうな涙を、黒豹の尾のような尻尾で拭う。

これ以上何もいわれなくても、貴洋の無念さが伝わってきた。

もしも、貴洋が二千二十二年の三月十日よりも前に騎士になっていたら、その四年前の世界で橋脚の下にいた由良は、悪童を叱りつける貴洋の声を聞いていたかもしれない。

茶トラの仔猫は川に流されずに済み、由良は貴洋と顔を合わせていただろう。

十六歳の姿で白く大きなメインクーンを抱えて、精神的には二十歳の彼から、「今朝はいい過ぎて悪かったな。俺は事情があって今から家出する予定だけど、由良とは関係ないことだから気にするなよ」とでもいわれていたのだろうか。

彼が生きていた頃に、恋心を寄せていた相手が自分だったのだと思うと、嬉しいよりも何よりも、鈍くて未熟だった過去の自分に怒りを覚えた。

貴洋の気持ちに気づいていれば、友達検定に落ちたと思い込んで卑屈になって、悄気る必要などなかったし、貴洋を傷つけずに済んだ。

貴洋にとって特別な存在になれたことが嬉しくて嬉しくてたまらず、遅ればせながら、自分の中にも同じ想いが芽生えたかもしれない。否、必ず芽生えたはずだ。

由良がミケーレから権利を譲られて過去に飛ぶ前に——貴洋はイズミとして、「俺は、普通でありたかった。誰にも後ろ指を指されない、穏当な人生を歩みたかった」と、己の過去の行いを悔やみながら語っていた。

彼が過ちを犯したのは、二十歳の時ではなく十六歳の時だ。しかも相手は恋愛に関して年齢以上に未熟な幼馴染で、一方的な想いを抱えた彼は当然のように苦しんだ。

性癖を認められずに相手と距離を置いたり、異性と交際して、保身に走ったりするのも無理はない。仲違《なかたが》いだけで終わっていれば、罪というほどの罪ではなかったはずだ。

「貴洋は、騎士になったご褒美に……何を願ったの？」

過去を変えて、由良の死を阻止する——その望みが叶わない状況下で騎士に任命され、貴洋は代わりに何を願ったのか、訊かずにはいられなかった。

同時に彼の体に触れていたくなり、由良は貴洋の手を握る。

背中を摩ってくれた時は温かかったのに、今は冷たく感じられた。

両手を使って包み込み、摩擦すると指を絡められる。視線も真っ直ぐに繋がった。

見つめ合うことで湧き上がる貴洋の涙が、黒猫から受け継いだ黄緑色の目の表面を覆い尽くし、波のように揺らいでいる。

「由良に、絶望的な真実を伝えずに……望みが叶うまで、サポートしたいと願った」

「貴洋……」

「俺自身に由良の命運を変えることができない以上、由良が自分で変えるのを支えるしかないからだ。番人は、由良が溺れてから四年後に死亡したことを、明言しないでくれた。女王陛下は、新米騎士の俺を由良の指導教官にしてくれて……他の候補生にも、今が西暦何年なのか、決して口にしないよう禁じてくれた。ミケーレが由良に望みを叶える権利を譲ったのは彼の自発的な行動だけど、そこから先は、由良自身と、女王陛下が……人間に愛された幸せな猫の魂の集合体が、叶えてくれた奇跡だ」

貴洋は由良の手を強く握りながら、瞬きをする。

涙の粒が両目から零れて、頬を濡らした。

冷たかった指先は由良の手と同じ温度になり、強張りが解れていく。

望んだことすべてが叶ったわけではないけれど、可能な範囲の中で最良の状態を迎えた今、貴洋はようやく安堵していた。

それを感じ取ることで、由良も同じく安堵する。

新たに加えられた貴洋の記憶の中には、由良が失踪したルートに於ける、森本家の三年半がある。彼は自分の身内について言及していないが、泉家の三年半もあるはずだ。

最初の人生では貴洋が由良を自殺未遂に追い込んだ形になっていたため、法的責任とは無関係に泉家の人々全員が巻き込まれて、悲惨な目に遭ったと思われる。

——貴洋が安堵してるってことは、もう……大丈夫ってことなんだ。僕は失踪して一生見つからないし、貴洋も……過去が変わって事故死しなくなったところで、二十歳の秋に失踪してしまうんだろうけど、両方のルートを知った貴洋が、最初の人生よりはマシだと思っているなら、それは……そういうことなんだ。

何もかも思い通りというわけにはいかず、どうにもできないこともある。

それでも自分達は精いっぱい頑張って、家族の絶望を薄めたと信じたい。

ここから先は、猫の王国の住人として気持ちを新たにして、仲間達と一緒に笑ったり、心の赴くままに恋をしたりしてもいいのだと、そう思いたい。

「貴洋……ありがとう。あと、ごめん……本当に、ごめん」

「――なんで、俺に礼や詫びなんか、おかしいだろ」

「おかしくないよ。僕がもう少し大人だったら、あの日の朝……教室で揶揄われた時に、貴洋の気持ちを逆撫でするようなことをいわずに済んだ。ただそれだけのことで、僕達と家族の人生は大きく変わってたはずだ。でも、そう思う一方で、今の僕は生前よりずっと猫を大切に思うから、流された仔猫を助けられずに死なせてしまう展開なんて願えない。あの場にいて助けることができて……よかったと思う。こんなことといったら、僕が溺れたことで苦しんだ貴洋や、貴洋の家族や僕の家族に本当に申し訳ないけど、それでも僕は、あの場にいなければよかったなんて思えない。全部が全部、運命だったと思ってる」

「由良……」

生きている時も、この世界に来てからも罪を背負って苦しみ続けてきた貴洋のために、そして自分自身のために、由良はすべてを肯定する。

貴洋は、由良が川で溺れる前から独りで悩み、溺れたあとの三年半は生き地獄のような苦しみを味わって、今ようやく少し重荷を下ろすことができたのだ。

ここからは一秒でも早く、未来の幸福のために歩きだしてほしかった。

「――貴洋……子供だった僕にとって、貴洋は憧れの親友で……少しだけ大人になって、イズミさんを好きになった。今は……二人分の好きが重なって、目の前にいる人のことを凄く……凄く、好きだと思ってる」

由良は涙に濡れた貴洋の頬に触れ、茶トラの尾を黒猫の尾に寄せる。

見つめ合いながら尻尾を擦り合わせて、躊躇いがちに絡めた。

自分から誘うようで恥ずかしかったが、これまでの貴洋の苦しみを思えば、羞恥なんて可愛いものだ。

それに、言葉通り今ここにいる彼が好きだから……親友の貴洋でも、指導教官のイズミ卿でも構わない。彼の恋人になりたい気持ちに変わりはないし、むしろ以前よりも欲深くなってしまった。

いつか騎士になれたら、彼と番になりたい。

彼以外の人とそうなることは想像がつかないし、彼が自分以外の誰かと番になるなんて嫌だった。イズミとしての彼が、以前話していた赤い糸というものが……自分達の間には存在することを信じたい。

「ここで由良に再会したからって、好きになったらいけないと思ってたのに……やっぱり抑え切れなかった。生きていても死んでいても、俺は……由良が好きなんだ」

「ありがとう……本当に……」

尾や指先を絡めながら、由良は貴洋に身を任せる。

ベッドに押し倒されると、血の気が引いた体に熱が戻った。

月明りの中で、生まれ変わるための儀式のように衣服を脱いでいく。

衣擦れの音に紛れ、「頭痛はもう平気？」と訊くと、「ああ、二重になった記憶の整理がついてきて、もうすっかり落ち着いた」と返された。

心配で少し疑ってしまったが、無理はしていないように見える。

肌に本来の赤みが差し、健康的な姿を見つめていると心から安心できた。

由良が知っている貴洋とは違う、大人の男の彼が、裸の自分に覆い被さっている。

——ほんとに、大人になってる……。

イズミとしての彼は常にきちんと騎士服を着ていたので、こうして肌を露わにした姿を目にするのは初めてだった。

服の上からでも見て取れたが、十六歳の頃の貴洋とは違い、少年らしいほっそりとした印象は受けない。

肩も胸も厚くて、骨密度が高そうな体つきに見えた。

同じ男として嫉妬を覚えるくらい、頼もしくて、それでいて綺麗だ。

——あの頃だって羨ましかったし、本当にカッコよかったけど……目の色や猫耳や尻尾以外はそのままに、こんなふうに大人になられたら……そういう意味で惹かれて、好きになるのも当たり前だよ。この世界に来たからってだけじゃなく、元の世界でだって、僕がもう少し大人だったら同じようになってた。鎖骨や首を見てるだけで胸がギュッとなってドキドキするこの感じは……僕が猫人だからってこととは、なんの関係もない。

裸体から目を逸らして顔を見ると、さらに胸が高鳴ったが、先程までの心音とは種類が違っていた。真実を知るのが怖くて強張っていたのが嘘のように、心臓が嬉々として踊りだすような躍動を感じる。

「由良の顔、真っ赤だ」

「い、いわないで……」

「胃痛や吐き気は？　もう大丈夫か？」

「うん、どこも痛くないよ。顔に、出てるよね？」

「ああ、出てる」

以前よりも明るい色になった猫っ毛を撫でられ、猫耳とヒトの耳も撫でられた。露わにされた額にキスをされると、踊っていた心臓が弾けてひっくり返る。

容姿だけではなく仕草にも、かつての貴洋にはなかった艶を感じた。

相変わらず小柄な自分が、すでに成人しているなんて信じられないが、こういうことをするに相応しい年齢なんだと思うと、少し勢いがつく。

ここが同性愛に寛容な死後の世界だからではなく、たとえ生者の世界だったとしても、誰に遠慮することもない。

好きな人に好きだといってもらえる嬉しさ……肌を重ねて愛し合える素晴らしさを、胸いっぱいに感じ始めていた。

「……ん、ぅ」

静かに触れ合った唇が、瞬く間に熱を帯びる。

室温に変化はなく、そのうえ服を脱いでいるのに体が火照った。

少し開いた唇から突きだした舌を絡め合わせると、四肢がくったりと脱力する。

「ふ、ぁ……」

「――ッ」

貴洋の熱っぽい舌や唇、滑らかな肌も、さらりとしたシーツも心地好くて、温かい雲に包まれているようだった。

まさに天国だと感じるほどで、油断したら睡魔に襲われそうになる。

遂には全身から力が抜けかけたが、心音は相変わらずドクドクと騒がしかった。

そうして送りだされる血液が脚の間を熱くして、そこでも強い脈動が起きる。

「ん、く……ッ」

血が引くのとは正反対に、一点に集まって燃えていた。

腿に触れた貴洋の欲望も、同じようになっているのがわかる。

驚くほど熱く硬い物がそこに当たって、一瞬びくりと震えてしまった。

「ニャ……ッ」

貴洋に求められていることを肌で感じると、身も心も悦んで呼応する。

子供だった自分は貴洋の気持ちに気づけなかったが、今はただただ幸せで、光栄で……口づけが終わっても、首筋を吸われたり、胸に触れられたりするのが嬉しかった。

「あ、ぁ……ッ！」

「――ン……」

上掛けの下を滑るように下がっていく貴洋に、胸の突起を甘噛みされる。

同時に脚の間で昂る物にも触れられて、尻尾ごと腰を引かずにいられなかった。

体中どこを触られても気持ちがいいのは、相手が貴洋であり、イズミでもあるからだ。

「ニ、ァ……」

思い返してみると、生前に性的なものを不意に目にして、汚いと感じてしまったことが何度もあった。他人の裸を見たり肌を触れ合わせたり、唾液を交わすことがこんなにときめくものだなんて、あの頃は本当にわからなくて――ようやく理解できた今は、どうにも止めようがないくらい、身も心も蕩けだしている。

「由良……」

「や、ぁ、あ……！」

大きな手で性器を扱かれると、自分でも驚くほどの先走りが溢れた。

貴洋の掌が濡れ、動きが滑らかになる。

いやらしく湿った音が絶え間なく響いた。

自分の体がどんな状態になっているのか、目を向けなくてもわかってしまい、見るのも見られるのも怖くなる。

「く、ぁ……」

天蓋から下がるドレープに半ば覆われたベッドには、満月の光が射し込んでいた。

何もかも暴かれるのが恥ずかしくて、由良は「布団、かけてて」と、哀願する。

上掛けの端を摘まんで貴洋の足腰を隠し、彼の下にいる自身に影を落とした。

「本当は全部、見たいんだけどな」

「それは、また……今度、そのうち……」

掠れた声で答えた由良は、暗がりの中で動く貴洋の手に翻弄される。

経験値が低い未熟な性器を、根元から先端まで大胆に擦り上げられると、「ニャッ」と、猫の鳴き声を上げて尾を振り上げてしまった。

「――ッ、ニ、ァ……ア、ァ……!」

まだ早いと思っても抑え切れず、貴洋の掌に次々と打ち放つ。

上掛けと貴洋の体が作る陰の中から、光る物がぴしゃりと飛んできた。

勢い余って彼の指の間を抜けた一筋の精が、由良の胸元を濡らし、さらに光る。

「あ、ぁ……貴洋……」

「……ン、ッ」

肌に当たった粘液《ねんえき》を追う形で、貴洋が胸に食らいついてくる。

乳首の近くに唇と舌を這わせ、青臭いしずくを舐め取った。

「ニャ、ァ……は、ぁ……ッ」

舌は乳首に到達し、すでに尖っていた突起を弾く。

上下の唇で強く挟まれ、吸い上げられると全身が痺れた。

性器から残滓《ざんし》を飛ばすと同時に、膝裏を押さえ込まれて脚を開かれる。

「ん、ぁ……そこ、は……」

そこを指で弄られることも、そこで貴洋の性器を迎え入れることも覚悟していたのに、実際に触れられると腰が引けてしまった。

茶トラの尾が腿の内側に回り込み、貴洋の手をぐいぐいと押して拒む。

由良の意志とは関係なかった。コントロールできない、勝手な動きを見せる。

「――もっと、力を抜いて……本当に嫌だったら、突き飛ばしていいから」

「あ、ぁ……ッ」

後孔を塞がんばかりに邪魔する尾を、貴洋の黒い尾で撫で摩られた。

体よりも緊張を示していた尾から、次第に力が抜けていく。

上掛けによって作られた小さなかまくらのような闇の中で、貴洋の尾と由良の尾が絡み合い、ようやく後孔から尾が離れた。貴洋の指が狭間に届く。

「ニャ、ゥ……」

貴洋はベッドマットに敷かれたシーツに手の甲を当てながら、ぬめりに塗れた指を肉の孔に挿入してくる。

頭では想像できなかった感触に、由良は息を詰めた。

くすぐったいような、気持ちがいいような、少し気持ちが悪いような……一言ではいい表せない未知の感覚に陥る中で、体が反射的に動いていることに気づく。

貴洋の指を異物と判断し、排除《はいじょ》したがっているようだった。

眠っていた内臓や筋肉が目覚め、円陣《えんじん》を組んで彼の指に抗う。

「由良……大丈夫か？　もっと力を……」

「う、うん……抜こうと、してるんだけど……っ、ぁ」

ぬめる指が奥へと進んできて、全身を弛緩《しかん》させる何かに触れた。

性器に触れられるよりも刺激的なものが、確かにそこにある。

まるで骨抜きにされたようだった。

見えないスイッチを押され、抱かれるために不必要な力《りき》みを丸ごと取り除かれる。

内臓や筋肉の抵抗も急激に弱まり、最初の指だけではなく、新たに添えられた二本目の指まで受け入れることができた。

「フ、ニャ……ァ、ァ」

「由良……ここ、気持ちいい？」

貴洋の顔を見上げた由良は、うんうんと二度頷く。

鳴きたくないのに鳴き声が漏れてしまうくらい、冷静でいられなかった。

性感帯らしきものを指で突かれ、ぐりぐりと押し解されるたびに自分が変わっていく。

布団で隠してほしいと要求していた時の由良は、すでにどこかに行ってしまった。

見られることなど気にしていられず、快楽に身悶《みもだ》えながら爪先で寝具を乱す。

「あ、ぁ……貴洋……ッ、そこ……」

「もう、三本目も入ってるよ……わかる？」

「わか、んな……ぃ、あ、ぁ……！」

貴洋の手の動きが速くなり、ズプズプと卑猥な音が立つ。

肘ごと引いては戻ってくる彼の指を迎えるうちに、由良は彼自身を欲していた。

そういった経験がなくても、一つだけわかっていることがある。

今の快感は一方的で、与えられるばかりのものだ。

「貴洋……もう、平気……っ」

由良は貴洋の腕を掴み、なりふり構わず彼に訴える。貴洋にも同じくらい、気持ちよくなってほしかった。罪から解き放たれた今、幸せだと感じてほしい。

悦びを与え合うことで、自分達は恋人同士になる。

　恥ずかしいところを見せ合い、体を繋げるということはそういうことなのだと思うと、最後までしたい気持ちが抑えようもなく膨らんでいった。

「——ッ、由良……」

「ひ、あ……ッ、あぁ……！」

　一糸纏わぬ姿で、二人は一つになる。

　月影に乱れた由良は、脚の間に割り込む貴洋を迎え入れた。

　両手を背中に回して抱き寄せ、情交の邪魔になる尾は明後日の方向に向ける。

「い、ぁ……ッ」

「……痛むようなら、爪を……立ててくれ……」

　上体を低くした貴洋は、奮い立つ雄を由良の中に埋めていく。

　斟酌《しんしゃく》を加えて少しずつ繋がりが深くなるのを感じながら、由良は貴洋の背に指の腹と掌だけを当てて、爪を立てたりはしなかった。

　日本人離れした体格を持つ貴洋の性器は、大抵の男が羨ましがるほど立派で、まさしく理想的な形をしている。そのうえとても重量感があって雄々しくて——そんな物を、本来男に抱かれるように出来ていない身で受け入れるのはつらかった。

　それでも由良は、絶対に爪を立てないと決めてこらえる。

「は、あ……ぁ、ぅ……！」

塗りつけられた由良の精と、貴洋の先走りが混ざり合う。

抽挿が滑らかになることで、ひりつく痛みが和らいでいった。

繋がりがより深まっても、圧と快楽を感じるばかりで苦しくはない。

「ふ、ぁ……ア、ァ……ッ」

「……ッ、ハ……」

深く繋がれば繋がるほど、貴洋の呼吸が乱れていった。

交尾中の猫と同じように、黒く太い尾が斜め下に向かって伸びている。

少し力が入った状態で、時にベッドから浮いて上下に動くこともあった。

ぐぐっと、貴洋の体が押し寄せてくる。彼の表情は、悦びに彩られていた。

「由良……っ」

貴洋——と返したくても思うように声が出せず、由良は言葉の代わりに抱擁を返す。

抽挿を続ける貴洋を受け止めながらも、その身を両手でしっかりと引き寄せた。

そうしていると、絶頂の瞬間に向かって一緒に駆け上がれる気がしてくる。

「ニャ、ァ……！」

貴洋の体が、大きく引いては勢いをつけて戻ってくる。動きは回を重ねるごとに大胆になり、繋がりが解けそうなほど引くこともあった。限界まで引いてから、あえてゆっくり時間をかけて突き上げられると、性器の形を刻み込まれる感覚に喘いでしまう。

「あ、ぁ……あ——ッ！」

「……ッ！」

これまでよりも格段に激しく腰を揺らした貴洋の下で、由良は二度目の精を放つ。

自らの肌と貴洋の胸を白濁で汚しながら、体の奥で彼の熱を感じていた。

ドクドクと、脈動が響く。

酷く熱くて、重たい物を注ぎ込まれる。

官能に染まる貴洋の顔が、この上なく艶っぽく見えた。

「——由良……」

「……僕達、ここで必ず……幸せになろうね」

貴洋のうなじに手を当てた由良は、涙をこらえる彼を引き寄せ、自分も身を伸ばす。

最愛の恋人である彼が愛しくて、キスをせずにはいられなかった。

エピローグ

ミケーレが騎士に任命されて半月が経った頃、猫の王国に再び魔が迫ってきた。

由良の指導教官を務めるイズミは、今回の遠征には行かずに居残り組に入っていたが、ミケーレは初出陣を果たし、迅速に魔を浄化させた。

おかげで騎士候補生は暗雲を目にすることもなく、魔が迫ってきたことを知ったのは、すべて終わったあとだった。

「噂によると、ミケーレさん大活躍だったみたいですね」

「ああ、そうらしいな」

「前回のこと、やっぱり気にしてたから……今は清々しい気分でいるといいんですけど」

鍛錬後にイズミと中庭を散歩していた由良は、魔が消え去った赤い夕空を見上げる。

イズミは貴洋に違いないが、今は騎士と候補生という身分の差や、指導教官と教え子という立場があるため、密室で二人きりになった時以外は「イズミさん」と呼んで、敬語を使ってケジメをつけていた。

彼と本当に対等になれるのは、自分が騎士になった時だ。

望みを叶えたからといって気を緩めずに、由良は日々鍛錬に励んでいる。

一回生だったイズミに続いてミケーレにも先を越されたシェリーが、次こそは絶対にと禁欲生活を続けて本気をアピールしているため、気が気でなかった。

現段階で由良がシェリーより勝っているのは跳躍力のみで、最も肝心な剣術では後れを取っている。剣舞はだいぶ滑らかに舞えるようになったものの、グラスソードの安定性に於いては課題が残っていた。

「今回ミケーレが活躍できたのはよかったが、本当は……騎士は暇な方がいいんだ。魔が現れるようなことがなくなって、女王陛下の話し相手や、巡邏だけしていれば済むくらい退屈だったらいいのに」

「そうですね……前回の襲撃から半月しか経ってないし、魔が現れたと聞くたびにいつも思うんですけど、本当にペースが早いですよね」

「ああ、生者の世界の状況を考えると、悲しくなる」

「はい……」

由良は生きていた頃に見聞きした虐待関連のニュースを思い返しながら、この世界での魔の出現ペースとは合っていないことを感じる。

魔は虐待された猫の怨念の集合体であり、地上のどこからでも集まってくるとはいえ、あまりに多過ぎる気がした。日本国内だけでも、報道されていない……いうなれば誰にも気づかれていない悪行が、山のように積み重ねられているのだろう。

「どんなに悲しくても、俺達ができることは限られてる。来世は幸せになれるよう、魔を祓い続けるしかないんだ。次こそ愛情深い人間と触れ合って、幸せな猫生を送れることをひたすら祈って」

由良は「はい」と短く答えながらも、何もできないもどかしさを感じていた。

一日も早く役立つ存在になって、不幸な猫を救いたい。

先日のように、候補生のうちに魔に接触するのは稀なケースで、役に立ちたければまず騎士になる必要がある。

遠征や巡邏と呼ばれているが、騎士団の仲間と共に見回り、魔に遭遇した場合は即座に祓って、市井の猫人や城に魔が近づかないようにするのが、騎士の役目だ。

そうして働く騎士達には、彼らにしかわからない苦悩があるように思える。

今の自分の立場では、努めて理解しようと思って想像力を働かせても、理解し切れないことがたくさんあるはずだ。

イズミと本当の意味で支え合い、いつか番になれるよう……精いっぱい力を振り絞って挑戦するのが、この恋に対する自分の誠意だと由良は思っている。

——僕が騎士に任命されたら……その時は……。

夕焼け色の薔薇に囲まれながら、由良はイズミの尾に手を伸ばす。

爪を使って軽く引っ掻くように毛繕いをすると、彼は同じ行為を返してくれた。

重量感のある尾を掌に載せたまま、彼と顔を見合わせ……くすぐったさと気持ちよさに顔を綻ばせる。やはり同じ表情が返ってきて、まるで花が咲くようだと思った。

――前回はミケーレさんから譲られた権利だったけど、僕が騎士になれた暁には、もう一度……望みを叶える権利が与えられるって番人さんがいってた。ミケーレさんは権利を返してくれなくていいっていってるし、僕は、その権利をイズミさんに……貴洋に譲る。貴洋は何もいわないけど……原因不明の突然の失踪によって家族が思い悩む展開になったことを、本当は気にしているはずだから。今度は貴洋が戻って家族に別れを告げる番だ。死ぬよりマシって思うのは、早世するルートが存在していたことを知っている側の都合であって、家族の苦しみを軽減するためには、失踪理由をつけないといけない。そうやって気がかりを取り除くことができたら、また一歩……前に進んでいける。

由良は夕日に染まるイズミの顔を見上げて、決意も新たに微笑みかける。

イズミも笑っていたけれど、完全ではなかった。笑顔の奥に、憂いが潜んでいる。

「どうかしたのか?」

「――あんまりカッコイイので、見惚れてました」

これはこれで事実なので正直に答えると、イズミは照れた様子を見せる。

そう遠くないうちに彼の晴れやかな笑顔を見られることを、由良は心から信じていた。

■あとがき■

ショコラ文庫様では初めまして、犬飼《いぬかい》ののです。

本書を御手に取っていただき、ありがとうございました。

これまでに、異世界ファンタジーとは言えない加減のパラレル設定BLを書いたことはありましたが、こんなに思い切り異世界に飛ばす話を書いたのは初めてです。

ｙｏｃｏ先生のマント付き軍服や猫耳、猫尻尾で癒されたい……という私自身の願望と、特殊設定や特殊な世界観の学園物を……という担当様の御希望もありまして、猫の王国の騎士養成学校という設定で、ほぼ善人オンリーで書かせていただきました。

改稿作業中にカバーイラストのラフ画を拝見した時は本当に吃驚して、イズミと由良の二人だけではなく、ミケーレと番人、オルカまで入れていただけるという……あまりにも贅沢な構図に大興奮でした。カラー口絵や他のイラストも勿体ないばかりに素敵なので、本の形で手に取れる日が楽しみで待ち切れません。

素晴らしいイラストを描いてくださったｙｏｃｏ先生と、ここまで指導してくださった担当様、関係者の皆様に心より感謝すると共に、本書をお手に取ってくださった読者様に、改めて御礼申し上げます。このたびはありがとうございました。

犬飼のの

初出
「猫の王国」書き下ろし

CHOCOLAT
BUNKO

この本を読んでのご意見、ご感想をお寄せ下さい。
作者への手紙もお待ちしております。

あて先
〒171-0014東京都豊島区池袋2-41-6
第一シャンボールビル 7階
(株)心交社　ショコラ編集部

猫の王国

2018年3月20日　第1刷

著　者:犬飼のの
発行者:林 高弘
発行所:株式会社　心交社
〒171-0014　東京都豊島区池袋2-41-6
第一シャンボールビル 7階
(編集)03-3980-6337 (営業)03-3959-6169
http://www.chocolat_novels.com/
印刷所:図書印刷 株式会社
